# Essa dama bate bué!

Yara Nakahanda Monteiro

Essa dama bate bué!

todavia

*À trisavó Nakahanda,*
*à bisavó Feliciana,*
*à avó Júlia,*
*à minha mãe,*
*à minha tia Wanda.*

*Ao meu avô Fernando Garcia,*
*ao meu pai*
*e ao meu marido.*

*O destino exagerou comigo. Baralhou-me a condição.*
*Plantou-me aqui e arrancou-me daqui.*
*E nunca mais as raízes me seguraram*
*bem em nenhuma terra.*

Miguel Torga — *Diário* — V. XIII a XVI
São Martinho de Anta, 9 de setembro de 1990

# I

A minha primeira memória é uma árvore; a segunda, uma onda. Sem sombra, voo por entre as raízes que sustentam o fundo do mar. Não existo antes daquele momento, nem existo para além dele. São imagens que irrompem nos meus sonhos e atemorizam o meu sono.

De quando em quando, o aroma intenso a leite azedo aflora. Junta-se a ele o gosto a suor salgado que sobrevive na minha língua. Parte de mim conforta-se nessas sensações. A outra parte inquieta-se com o vazio de ser só isso tudo o que tenho de recordação da minha mãe. A verdade mais íntima é não a poder reclamar como sendo minha. Sei-o. Rosa Chitula, minha mãe, mais do que a mim, amou Angola e por ela combateu. Chamo- -me Vitória Queiroz da Fonseca. Sou mulher. Sou negra.

## 2

A primogénita de Elisa Valente Pacheco Queiroz da Fonseca e António Queiroz da Fonseca nasceu a 31 de março de 1944. Em honra das mães dos seus avôs, é batizada com o nome Rosa Chitula.

De personalidade vincada, a mãe sempre fora avessa à disciplina. A rebeldia expulsara-a do Colégio das Madres de Silva Porto. O avô António sabia que a filha era talha grossa e, para seu desagrado, não gostava da vida caseira e dos afazeres domésticos. Quanto mais o avô a tentasse enclausurar, mais ela se rebelava. Até que ele, António, desistiu.

Para ter a mãe debaixo de olho, nas suas idas ao cafezal, à pecuária ou à loja, começou a levá-la consigo. Foi nesses momentos partilhados que se aproximaram e se tornaram cúmplices.

Aos poucos, o avô começou a confiar à filha pequenas responsabilidades na administração dos seus negócios. Passado algum tempo, a mãe já orientava os trabalhadores nativos. Mais do que respeito à filha, António considerava que os nativos tinham medo da arma que Rosa não se coibia de mostrar. As roupas que usava e o cabelo preso por debaixo do chapéu subtraíam-lhe a delicadeza das feições do seu rosto. A mãe parecia-se com um robusto jovem mestiço, confundindo até o seu pai.

O tempo foi passando e asseverando ao avô que a decisão de envolver a filha nos afazeres da fazenda havia sido sábia. Ou pelo menos foi nisso que ele acreditou até ao exórdio da década de 1960, quando os tempos começaram a ser de ideias e ideais radicais.

Em Luanda, grupos reacionários instigavam a população nativa a criar uma revolta urbana. Apesar de as tentativas iniciais do governo central para os rumores serem abafadas, esses correram mais rápido do que gazelas por todo o país. O avô António considerava-se assimilado e, acima de tudo, português. Via a implosão do nacionalismo como uma reviravolta insidiosa contra a serenidade colonial. No entanto, ficava pasmado com a atitude de Portugal: lavara as mãos. Parecia-lhe que não sabiam como resolver a grande maka que estava instalada.

A mãe, Rosa, sempre tivera um espírito livre e de revolta à opressão. A sua insurreição ao imperialismo começou a acerar-se à medida que a rádio e os jornais iam deixando de ignorar os saques desordenados, as violações, os raptos e o aumento da tensão entre brancos e negros.

A família jantava quando a mãe começou por desafiar o pai sobre o pagamento dos salários aos nativos:

— Quem são os pretos que estão com essas ideias comunistas? — gritou o avô António com ar ameaçador e dando um murro na mesa.

A conversa deu-se ali mesmo por terminada, mas foi o suficiente para o avô passar a estar vigilante.

Porque quem procura sempre encontra, bastou um passo curto, mas certo, para que o avô António chegasse à verdade. Saiu da sua rotina e, sem avisar ninguém, decidiu-se a ficar uma manhã em casa. Debaixo do colchão da filha encontrou panfletos. Após os mostrar à avó e a culpar pelos maus princípios de Rosa, destruiu-os. Achou por bem evitar o pleito e nada disse à filha.

É verdade que o amor nos torna sempre um pouco míopes. O avô António ignorou o comportamento da filha até ao momento em que este se tornou falatório nas mesas de café do clube:

— Ainda não fizeram nada porque é sua filha, mas vai chegar o dia em que não terão escolha — alertaram-lhe.

Tornado que estava o problema doméstico em vergonha pública, a mãe passou a ser vigiada por Caculeto, o fiel adjunto do avô. Já era tarde.

No sábado dessa mesma semana, estava o avô António a terminar o seu pirão com tortulhos no escritório quando Caculeto bateu à porta para falar com o patrão. Debaixo do braço, trazia o que parecia ser um jornal. Pela agitação do empregado, o avô António farejou a seriedade e a urgência do assunto. Pousou os talheres e mandou-o entrar. Caculeto, com receio de entregar a seco o jornal ao patrão, ficou à porta. Abriu o jornal na página oito e, com nervosismo, leu o título escrito em letras garrafais: "Manifestação pacífica contra o regime colonial". Ia começar a narrar a reportagem quando o avô se levantou e exigiu:

— Dá cá isso que eu sei ler! — bravejou.

O choque desmembrou o raciocínio do patriarca. Abaixo do cabeçalho da notícia estava uma fotografia da manifestação. A mãe, sua filha, encontrava-se na primeira fila do protesto e empunhava um cartaz com a frase: "Angola para os angolanos".

"A filha do assimilado a ser usada como bandeira da revolta", reconheceu o avô. A insídia cegou-o. Ainda não tinha chegado ao alpendre da casa e já ia com o cinto das calças na mão. A avó e as tias tentaram impedi-lo.

A mãe desapareceu no mesmo dia da tareia. Não mais voltou e dela o avô não foi à procura.

Passados alguns meses, a guerra colonial eclodiu. A resistência urbana já tinha conseguido espalhar milícias por todo o país, e começou a barbárie entre os negros e os mestiços: separavam-se cabeças de corpos, abriam-se os ventres das mulheres e mutilavam-se as crianças. Massacravam quem não quisesse aderir à revolta.

Antes do início da estação das chuvas, a nossa família, juntamente com os empregados da casa, fugiu de Silva Porto. Para trás ficaram as plantações a arder, os animais soltos e o que não se conseguiu levar.

Assim que chegados a Nova Lisboa, hoje cidade do Huambo, o avô António reuniu-se com o governador, fazendeiros e comerciantes assimilados. A opinião era unânime: o pavio da guerra já tinha sido ateado. Temiam todos pela sua vida e pelo património. De Luanda, já tinham começado a partir famílias inteiras para Lisboa. Mesmo assim, o avô António acreditou que a boa aventurança estaria do seu lado e decidiu dar seguimento às lojas e aos camiões que sempre tivera em Nova Lisboa. Da desgraça da vida fez uma oportunidade. Trabalhava com os dois lados do conflito político e assim pretendia continuar até que a Providência salvaguardasse o seu segredo. A cor do meio colocara-o num mundo intermédio. Para uns, não era negro o suficiente e, para outros, precisava de aclarar a pele. Venerava os portugueses e tolerava os outros. Brancos e negros cumprimentavam-no cheios de salamaleques.

# 3

A mãe esteve desaparecida por mais de quinze anos. Quando reapareceu, foi para me entregar aos meus avós. Eu tinha dois anos de idade e, depois disso, não mais se soube dela.

A 1º de agosto de 1980, o meu avô António passa a noite em claro a alinhavar as últimas orientações para a administração do que resta ser o espólio da família.

Numa folha de vinte e cinco linhas sobre papel químico, para duas cópias, escreve a procuração. Deixa a casa-grande, a fazenda, as lojas e a frota de camiões à mercê do destino. Entendendo-se, por tal, o usufruto gratuito de todos os bens dos Queiroz da Fonseca por Caculeto, seu fiel adjunto desde os tempos de Silva Porto. "Cuida bem de tudo, até mais ver", termina. É o que espera em troca de Caculeto.

As operações militares no planalto central tinham-se intensificado e, com o bombardeamento do entreposto principal, o que era escassez de víveres e combustível passou a ausência total. Nem mesmo as relações privilegiadas do avô com altas patentes militares permitiam reabastecer o *stock* ínfimo necessário para alimentar a família. Como se queixava a avó Elisa, sobreviviam a comer a "poeira da guerra".

Esperar que Rosa regressasse, mais do que uma incógnita, era agora uma utopia suicida. Os tiros de canhangulo, disparados às janelas da sua loja, há oito dias, continuavam frescos nos seus ouvidos. O avô António resigna-se a aceitar que sentimentos por sangue ingrato não mais podiam adiar a partida da família para Lisboa. Se alguma desgraça lhe acontecesse, Elisa não teria a quem recorrer. Volvidos cinco anos desde o início da guerra civil, os poucos que lhe eram próximos e continuavam em Angola tinham fugido para Luanda.

Como é de seu hábito nas madrugadas frias de agosto, o avô abre a janela do escritório. Agrada-lhe ver a névoa espessa do cacimbo invadir a sala e confundir-se com o fumo do cigarro que a sua boca vai largando no ar.

— O atrevimento! — exclama, indignado. — Eu faço o que quero. Não faço o que os outros querem — repete três vezes e em voz alta, enquanto sente a fúria a enrijecer-lhe o corpo. Os tiros não lhe haviam foiçado a altivez do porte.

— Desafiarem quem eu sou. Filhos da mãe. Quem se julgam?! — questiona, sem encontrar resposta.

Com dificuldade senta-se e cala-se.

A mão alongada e quadrada afaga a barba. Num movimento encadeado, coloca o polegar direito no queixo e cerra os olhos com força. O indicador da mesma mão pressiona a ponte dos óculos grandes de massa castanha. O dedo tenta — como se tal fosse possível — criar uma gravidade inversa às lágrimas que começam a escorrer-lhe pela cara redonda. Do bolso das calças, tira o lenço. Enxuga os olhos. Depois, com o mesmo lenço, tenta retirar das mãos as manchas azuis deixadas pela tinta do papel químico.

Aquieta-se. Por alguns minutos, fica imóvel na cadeira, com os olhos fixados no cinzeiro de pé alto. As beatas de cigarros AC jazem inacabadas entre as cinzas do papel queimado. Pega no isqueiro metálico, abre-lhe a tampa, faz a roldana girar contra a pedra e lança a chama sobre a papelada confidencial que teima em resistir. Quando tudo é cinza, dá o último gole no copo de uísque e limpa a secretária.

"Está quase na hora", pensa quando vê que o seu relógio marca seis e quarenta. O recolher obrigatório já tinha terminado.

Põe o isqueiro, o maço de tabaco e as canetas no bolso esquerdo da camisa. Fecha a janela, pega na pasta e na espingarda Magnum. Encaixa a chave na ranhura da porta do seu escritório e aí a deixa abandonada.

O silêncio que impera por toda a casa magnifica o barulho do seu passo militarizado. Quando chega ao quarto principal, encontra a avó Elisa a terminar os arrumos para a partida. O avô acha que a mulher está tão magra que se parece com um cabide sobre o qual penduraram um vestido. Em trinta e sete anos de casamento, é a primeira vez que vê Elisa sem a aliança no dedo anelar. Não comenta. Não é aquele o momento para quezílias.

— Elisinha! Têm dez minutos para estarem todas no jipe — ordena, voltando a bater com a porta do quarto.

No momento em que a avó Elisa chega comigo e com as filhas — minhas tias — ao jipe, as malas já tinham sido carregadas e todos aguardavam dentro dos veículos. Íamos ser escoltados por oito homens distribuídos por três jipes.

A razão da nossa demora são as sombras que nos seguem. São elas: dona Bia, Hermínia e Cândida. Caminham atrás de nós com a cabeça enterrada no peito, os braços erguidos e as palmas das mãos abertas viradas para o céu. Choram e cantam uma ladainha triste. Esperam que aconteça um milagre.

Num último abraço de despedida, os braços trocaram de corpos, os rostos trocaram de olhos, que trocaram de alma.

Com lamento e apesar das promessas bem-intencionadas do meu avô, as mulheres sabem que não se vão voltar a ver. Quando se foge da guerra, só se leva o peso que se consegue carregar. No caso, dona Bia, Hermínia e Cândida eram excesso de carga para os Queiroz da Fonseca. A partida da nossa família arrasta consigo o ónus da morte de quem nos deu a vida, mas agora decidimos deixar para trás.

Os capangas do avô tinham acordado fazer seguir a coluna de viaturas por trilhas distantes das estradas principais. Pretendiam evitar as emboscadas das minas Claymore. Já estávamos a caminho quando, para surpresa de todos, o avô António ordena, pelo rádio de comunicações, que a rota programada fosse desviada para a estrada principal.

— Vamos para o sobado — informa, deixando todos boquiabertos. Ninguém se atreve a questionar a ordem ou a pedir mais detalhes sobre a mesma.

Conforme nos vamos aproximando do povoado, a mais visível marca da guerra é o silêncio imposto à vida diária. Até mesmo o capim tem a respiração suspensa.

Dentro do carro, o meu choro prolongado e persistente teima em marcar presença. De boca aberta, abano a cabeça à procura da mama emprestada de Hermínia. Por muito que as tias e a avó me tentem acalmar, nada me diminui a carência. Hermínia e a mama ficaram para trás.

São oito e vinte. Àquela hora da manhã, o cacimbo já se havia dissipado. Ao longe, vislumbra-se o que resta da grandiosidade da árvore do soba. A copa da mulemba, outrora farta e verdejante, é agora uma coroa seca.

"A guerra engole-nos a dignidade antes mesmo de nos tocar a pele", lamenta-se António em silêncio, enquanto olha para a árvore.

O avô é o primeiro a sair do jipe. Abre a bagageira e de lá tira um saco grande de serapilheira. Pede-nos para sairmos da viatura e irmos com ele. A avó, a tia Francisca e a tia Isaltina obedecem. Expressando a sua melhor intenção — "vou vir proteger as senhoras" —, Caculeto inicia-se a acompanhar-nos de espingarda na mão. De imediato, o dedo indicador do avô completa um círculo no ar. Caculeto entende, e muito bem, o recado: "Quem lhe mandou se mexer?!". Faz meia-volta e regressa ao lugar do condutor.

Soba Katimba mostra um sorriso aberto ao amigo que acaba de chegar. Mesmo antes de o cumprimentar com um abraço, partilha a sua felicidade:

— *Oh kizua kia kufua kimoxi.*

O avô repete o provérbio:

— O dia de morrer é só um, o homem não morre duas vezes.

Abraçam-se e beijam-se no rosto.

— Esses cabíris vão ser mortos — assegura o soba.

— Sou olongo. Julgavam eles que me apanhavam assim — esclarece o avô.

O meu berreiro intensifica-se e passa a ser acompanhado por um espernear de pernas.

— A criança quer sentir a terra — esclarece Katimba, apontando para o chão.

Ele tem razão. Assim que me sentam no capim, paro de chorar.

Katimba vê mais longe e antevê contrariedades para o seu amigo:

— Filha de quem é, também vai ser... — murmura entredentes, comparando-me com a mãe.

Saudações concluídas, Katimba e o avô vão para debaixo da mulemba. Lá não está a cadeira de pau-preto maciço do soba. Os banquinhos destinados às visitas também lá não se encontram. O avô, seguindo o exemplo de Katimba, põe-se de cócoras e encosta as costas ao tronco da mulemba.

Dessa vez, a sua presença no sobado não se deve a uma partida de xadrez com o soba.

— Haka! — exclama Katimba, decidindo sentar-se por completo no chão. — Estou cansado! — continua com o seu lamento. — Filhos de diferentes pais, mas do mesmo ventre. Lutam contra irmãos, violam irmãs. Dão armas aos sobrinhos. Fomos enfeitiçados. Haka!

O avô António, sem saber o que dizer, decide consolar o amigo oferecendo-lhe um cigarro já acesso. Acende outro para si. Os dois deixam-se estar, sem fazer uso de mais palavras. As palavras podem ser tão preciosas como as balas na guerra. Há que poupá-las. Usar apenas as necessárias. Fumam rápido e até ao filtro. Quase em simultâneo, apagam as beatas na mulemba.

Katimba decide levantar-se. Vai em direção à sua cubata. Chama pela mulher. Prontamente, esta surge. Depois da troca rápida de palavras com urgência, ela desata a correr. Enquanto isso, o avô António também chama pelas suas mulheres. A curiosidade da avó e das tias acelera-lhes a ida, chegando rapidamente junto do avô. A mim, deixaram-me para trás. Não sei se por esquecimento ou intenção.

— Tirem os sapatos e aguardem — pede o avô.

Estranham-lhe o pedido, mas respondem em uníssono:

— Está bem.

O avô ainda acrescenta:

— Lucas 17,32 diz: "Lembrai-vos da mulher de Ló". — Depois de uma pausa prolongada, como que a verificar que todas sabiam do que ele estava a falar, o avô continua: — Não queremos ser estátuas de sal. Ou queremos?

— Não — só a avó responde.

— Não ouvi — resmunga o patriarca.

— Não! — gritam as três de uma só vez.

— O que fica em Angola, fica aqui. Não vamos olhar para trás — declara o avô.

Katimba está junto a mim. Aponta o seu cajado de madeira à minha cabeça e sentencia:

— Ainda é semente. Não cresceu na terra. Lá onde vão, mergulhem a criança na água. Vai acordar um novo espírito.

As tias trocam olhares com a avó. Olhares que alvitram a caducidade do juízo do pai.

Quando os panos coloridos da mulher do soba Katimba chegam com o kimbanda Tikukulu, os pensamentos confusos da avó e das tias andam em grande rebuliço pelo ar. Não entendem o que ali se vai passar.

A mulher do soba volta a entrar na sua cubata e por lá fica. Não é assunto dela.

Tikukulu, o médico tradicional, reúne-se com o avô e com o soba. Não se entende do que falam. Três abanos de cabeça dão a conversa por terminada e selam o acordo do que acaba de ser discutido.

O temor reverencial das mulheres não permite que se façam perguntas ou se manifestem lamúrias. Observam. Apenas. Entretanto, a avó Elisa vê o marido tirar os sapatos e as meias. Abre os olhos e ajeita os óculos, não fosse aquela imagem uma alucinação. Nem no quarto António andava descalço. Não se contendo, exclama admirada:

— Hoko! — E, de imediato, tapa os lábios com a mão, não fosse a boca continuar a ser traiçoeira.

À volta da mulemba, o avô António dá nove voltas a murmurar qualquer coisa. Quando termina, o kimbanda Tikukulu desenha-lhe linhas brancas na nuca, testa e peito.

— Elisa, vai. Tira os sapatos e dá nove voltas à mulemba. A cada volta, diz: "O que fica, fica aqui" — orienta o avô António.

Agarrada ao rosário, a avó contorna a árvore e repete a frase, mas sem convicção. Recusa-se a esquecer a filha Rosa e Angola.

À avó Elisa, seguem-se a tia Isaltina e a tia Francisca.

Katimba encerra a cerimónia do esquecimento dizendo:

— O que convosco não vai, aqui fica. Quem convosco não está, aqui morre — e bate três vezes com o cajado na terra seca.

Do saco de serapilheira, o avô António tira um jogo de xadrez, um volume de tabaco, gravatas e um naco grande de carne-seca. Entrega-os ao soba, juntamente com a sua espingarda Magnum e três caixas com cartuchos.

Katimba agradece as ofertas, devolve a arma e os cartuchos. Tikukulu também não os quer. Aceita com agrado a carne-seca e as garrafas de uísque.

Quando nós, os Queiroz da Fonseca, voltamos a entrar no jipe, as nuvens cinzentas que cobriam o céu tinham sido varridas pelo vento. As viaturas seguem, por fim, o seu destino. Primeiro, arranhando as rodas no chão. Depois, com a cautela devida, avançando pelas trilhas.

As chitakas, outrora terras verdes de café ou cana-de-açúcar, estão transformadas em terra queimada. A vida recusava-se de novo a nascer. Por vezes, a coluna de viaturas passa por cubatas. Nessas ocasiões, os camponeses correm na nossa direção. Em desespero, agitam os filhos pequenos no ar. Não pedem comida ou dinheiro. Querem entregar as crianças, para que estas sejam salvas. Ali, a morte é certa. Se não for a bala, será o estômago vazio. No nosso jipe, baixam as cabeças e escondem os olhos. Não olham mais pelas janelas. Pouco ou nada se fala até chegarmos ao aeroporto do Huambo. Só a avó reza baixinho, agradecendo a nossa sorte.

À entrada do aeroporto, as viaturas dispersam-se. Com buzinadelas, despedem-se umas das outras. O nosso jipe continua em frente.

O caos está instalado. Os semblantes estão desesperados. É gente esgotada pela incerteza do futuro. Espectros esbatidos do que tinham sido.

Quem tem bilhete de embarque luta para garantir que entra no avião. Quem não tem bilhete, mas precisa de dinheiro, estende a mão para ficar com as notas esquecidas nos bolsos de quem vai partir. As nossas malas são despachadas. Caculeto despede-se de nós. Chora como uma criança.

Como almejado, chegamos ao aeroporto de Luanda. À semelhança de muitos outros passageiros, a avó beija o chão da pista de aterragem.

Aguardamos algumas horas o voo da TAAG para Lisboa. Só agora o avô parece ter descontraído. Brinca comigo às escondidas. Com as mãos, tapa os olhos, e eu tento adivinhar se ele está lá, por detrás delas. Brincamos até ao momento de embarcar.

Somos os primeiros a subir as escadas para o avião. Atrás, o avô. Quer certificar-se de que nenhuma de nós fica para trás.

# 4

O voo vai cheio, mas a viagem traz calmaria aos passageiros. A avó adormece e as tias também. Entre um cigarro, um lembrete rabiscado ou um documento verificado, o avô António vai bebendo o uísque da pequena garrafa que tem no bolso interior do casaco. Volta a guardar os papéis na pasta e levanta-se. Caminha pelo corredor. Estica as pernas. Sente a mágoa a vir ao de cima. Puxa do maço um cigarro. Enquanto fuma, entrelaça o passado no futuro. Trava o fumo e depois liberta-o. Tremem-lhe as mãos tal e qual estivessem elas temerosas.

A aguardar por nós no aeroporto da Portela está o tio Damião e a irmã da avó, sua esposa. Recebem-nos com grande festa, embora, assim que chegamos à Malveira, o choro acumulado comece a escorrer pelas paredes da casa. Na saleta da televisão, recolheram-se o avô e o tio. Não que tenham ido chorar em privado. Comunicaram que iam ter uma conversa de homens, o que se entendeu como alinhavar logísticas e acordar amanhos para o recomeço da vida dos Queiroz da Fonseca.

— A vida continua, António — consola o tio Damião o seu cunhado.

— Que remédio temos nós.

— Aqui são saloios. Sê discreto.

— Sei bem. Não estou na minha terra.

— Um pouco racistas, mas boa gente.

— Não estão habituados a ver gente mais escura?

— Não. Mas não chateiam.

— Vocês gostam de cá estar?

— Estou como tu, António, que remédio temos nós. Queres um uísque?

— Preciso de um.

Enquanto o tio Damião serve os uísques, partilha as reuniões e encontros que agendou para o avô. Num dia irão falar com o gerente do Banco Nacional Ultramarino, no outro têm a reunião com a advogada que irá tratar da nacionalidade para todos.

— Urgente, urgente é irmos comprar roupa de inverno — queixa-se o avô, esfregando as mãos frias.

— Estamos no verão, António! — surpreende-se o tio Damião com o comentário.

— Quando podemos ver a casa?

— É quando quiseres. A Quinta das Aroeiras fica a dois passos daqui.

O tio Damião entrega-lhe o copo de uísque e sugere:

— Bebe, bebe para ver se aqueces.

# 5

As folhas do calendário foram sendo viradas, e a entrada na Quinta das Aroeiras acontece em março do ano seguinte. A propriedade é uma pequena quinta com uma casa de dois pisos, coberta por um telhado de quatro águas. As paredes são caiadas de branco e cercadas por bandas cor de ocre. Cantarias de calcário decoram a fachada, dando-lhe um ar senhorial. Do alpendre da casa é possível ver as aroeiras que emolduram o íngreme caminho que vai do portão ao pátio da casa. A toda a volta, salgueiros, pinheiros e eucaliptos. Mais próximo da casa e junto ao poço estão as árvores silvestres e frutíferas. Na parte de trás do terreno existe ainda um pequeno e antigo estábulo.

O dia da mudança é de grande azáfama. Estamos felizes. Depois do jantar, vou com as tias passear à vila. Em casa, ficam os avós. Sentados no banquinho do alpendre, escutam o rumor do vento a alvoroçar a folhagem das árvores. O avô procura pelo maço de tabaco. Desiste de acender um cigarro.

O início do seu namoro com Elisa não tinha sido consequência de amor à primeira vista. O que Elisa não tinha de beleza soube compensar com elegância. O avô António era fascinado pela pele clara e imaculada da avó. Gostava do contraste acentuado que fazia com a sua pele escura. Os anos, mais do que a paixão, trouxeram-lhe o amor. Só a fuga de Rosa e a guerra foram capazes de abrandar com os bons costumes do leito matrimonial. António amava a mulher. Não sabia se ainda era correspondido.

— Elisinha — sussurra o nome da avó, tocando-lhe na mão quase a medo.

— Que queres tu, homem?

O avô põe ambas as mãos no seu rosto. Dá-lhe um beijo na testa. Passa-lhe depois o braço por cima do ombro. Olha para o céu iluminado pelas estrelas. Pega na mão da avó Elisa e pergunta-lhe baixinho, encostando os seus lábios no dedo anelar da esposa:

— Ficaste solteira depois de velha?

— Deixei-a com a dona Bia — justifica-se.

Beijam-se demoradamente. Entram em casa com as pazes feitas e vão para o quarto.

# 6

O avião sobrevoa Luanda. O céu está cinzento e com nuvens de chuva. São seis da manhã. Desde que saí da Malveira, ainda não consegui dormir. Tenho os lábios muito secos. A mandíbula, sem que eu espere, volta a prender-se. O caminho que escolho é o que preciso. Não mais aguento a fome que tenho da mãe. Não a posso renunciar. Mesmo assim, essa certeza não me tira o medo. Sinto-o nos pés. Estão outra vez dormentes. Têm medo de caminhar. São pés com medo de fazer o seu destino. Essa gente barulhenta chateia-me. E as criancinhas que não param de chorar também.

Lá em baixo, aglomeram-se casas que parecem ter sido largadas em *carpet bombing*. Caíram alinhadas em grupos. Embateram na terra com tamanha violência que ficaram cobertas de pó. Desmanteladas, compuseram-se às cegas, formando um esqueleto atabalhoado com barro vermelho, madeira velha e chapas de zinco. Sobrevivem no emaranhando da nova terra. Contraem-se e expandem-se. Ajeitam as paredes para ganharem espaço. As casas existem em vários tamanhos. Subsistem sem reboco e sem pintura, permeáveis ao bem e ao mal. Juntas, criam um gigante retalho monocromático rasgado por ruelas que atravessam a cidade em todas as direções. São corredores que levam a lado nenhum. Avenidas grosseiramente escavadas na terra e a terminar nas estradas oficiais. O cimento é a fronteira imaginária. O limite da existência que lhe é permitido ter e ser.

Surge então uma mancha maior: cinzenta, larga e alta. As janelas dos apartamentos são como ninhos de pássaros em troncos betonados. A mancha estica-se, a tentar chegar ao céu e à água, alterando a escrita da terra.

Sinto o coração a acelerar. A paisagem que me aguarda é crua e áspera. Entro num útero de poeira e cimento. Aguardo pelo caos.

Começa a chover. A cidade entristece-se. Com a chuva, chega o vento. A turbulência dificulta a aterragem. Saímos do avião, encaracolados nos nossos corpos. Ensopados, amontoamo-nos dentro do autocarro que nos leva ao edifício principal. O ar é abafado, e tudo à minha volta parece coberto por uma humidade peganhenta. Sem sucesso, evito tocar nas pessoas e nos corrimãos.

As portas abrem-se. Os passageiros atropelam-se. Cruzam caminhos para entrar na fila da sua categoria. Leio a placa "estrangeiros" e é para ela que me dirijo.

Nessa fila, são muitos os homens brancos. Agarram-se à mala de negócios ou à alça da mochila que levam às costas. Com os olhos muito abertos, parece que digitalizam imagens. Fazem-no da direita para a esquerda e vice-versa. A maioria caminha com os ombros tensos e ligeiramente curvados. Conferem os documentos vezes e vezes sem conta. Sem qualquer constrangimento, alguns colocam dinheiro entre as páginas do passaporte. Fico na dúvida se deverei fazer o mesmo.

É a primeira vez que ali estou. Falta-me a espontaneidade de quem regressa à sua pátria.

A linha avança. Chega a minha vez. Transponho a linha amarela. O funcionário da alfândega não sorri. Endireita-se na cadeira do seu posto e ganha estatura. Com um sorriso tímido, dou-lhe os bons-dias. As minhas palavras não encontram eco. Pelo seu olhar, sinto que me aproximo demasiado. Recuo. Ele ajeita-se uma vez mais na cadeira. Apoia o cotovelo do braço direito na mesa, qual ponto fixo que alavanca o seu antebraço. O braço move-se na minha direção. A mão aberta e esticada pede-me o passaporte. Quando o tem, com a mão arrasta-o para junto de si. Sem largar o passaporte, volta a apoiar o cotovelo na mesa.

Fico suspensa.

A outra mão, antes inerte e distante, mexe-se e aproxima--se para agarrar o passaporte. O funcionário sente-lhe o peso. Com vagar, percorre, uma a uma, todas as páginas. Depois, olha para mim e para a fotografia do meu passaporte. Os seus lábios não se mexem. Só os seus olhos se movimentam. Brincam ao jogo das diferenças. Deduzo que esteja, propositadamente, a criar dúvidas sobre a minha identidade.

Por fim, pergunta se não tenho nada para ele. Respondo que não. Irritado, recua com a cadeira e olha para fora do cubículo onde está. Parece procurar alguém que não encontra. Desiste. Lança-me um último olhar, dá duas carimbadas com força e ordena:

— Passa.

No meu passaporte fica gravada a data de 20 de junho de 2003.

A chuva tornou a área das chegadas demasiado pequena para tanta gente. Uma multidão aguarda à saída. Empurram--se uns aos outros para ficarem à frente e serem vistos. O suor começa a correr-me pela testa. Na tentativa de ler o meu nome numa das folhas que esvoaçam pelo ar, abrando a marcha. Um erro, concluo. A autoridade fardada ordena que continue em frente.

No meio da confusão, uma mulher rompe a barreira humana e pendura-se no separador de metal. Sem cerimónias, Romena Cambissa grita o meu nome. Faço-lhe sinal. Romena atropela quem se encontra entre nós. Chega a mim e dá-me um forte abraço.

— Estava com o coração a saltar pela boca — desabafa, antes mesmo de me dar um "olá".

A amiga da tia Isaltina é uma mulher dos seus cinquenta e muitos anos. O seu corpo volumoso e em forma de ampulheta é acentuado pelo cinto dourado que lhe estrangula a cintura e divide o vestido verde em duas partes. Apesar do peso e dos saltos altos, Romena movimenta-se com a delicadeza e agilidade de uma borboleta.

Os ombros retos e largos sustentam a autoridade que lhe permite exigir que a multidão abra caminho para passarmos. Obedecem sem pestanejar. Chegamos à saída. À indicação de um dedo de Romena, aproxima-se de mim um rapaz. De imediato, este recebe a mala. Põe-na na cabeça e segue-nos.

Sem parar, a chuva pica o chão e os tejadilhos dos carros. O meu cabelo fica ensopado e encaracola de imediato. A peruca de fios lisos e aloirados de Romena parece ser impenetrável. Entramos apressadas no seu Range Rover. Romena tira uma nota da carteira e despacha o transportador de bagagens.

Liga o carro e, com um lenço, limpa o seu rosto redondo. A água escorre-lhe pelo queixo duplo.

Não preciso falar. Romena fala pelas duas. Ora reclama da chuva, ora da maquilhagem desbotada ou da confusão do aeroporto. Com a mão farta e volumosa, limpa o vidro embaciado. Os anéis que usa estrangulam-lhe os dedos. O sonido das unhas compridas e pintadas de rosa forte a tocarem no vidro acompanha o chocalhar das pulseiras de madeira. O ritmo criado apazigua-me os receios. Sinto o corpo a descontrair e os pés a perderem a dormência.

Vagarosamente, saímos do parque do aeroporto. A cidade está anestesiada e em silêncio. A chuva já tinha tomado conta das estradas e dos passeios. Ao passarem, os carros criam pequenas ondas. Lixo, bacias, brinquedos e até um guarda-sol colorido flutuam na água barrenta. Debaixo dos telheiros, há gente a proteger o que parece serem artigos para venda. Em casas miseráveis, jovens e velhas usam baldes ou bacias para retirarem a água que lhes entra pelo quintal.

Nas ruas, é possível distinguir as mulheres que não desistem e fazem frente à intempérie das que já nem o sofrimento sentem. As primeiras levam os sapatos na mão, a carteira enfiada dentro da blusa e a cabeça protegida por um saco de plástico; as outras andam como se não notassem as fortes gotas de chuva que se lhes prega à pele. Continuam todas com o destino que lhes atirou naquele dia a vida. Para elas, sol e chuva são a mesma coisa. Não vejo homens. Pergunto-me se terão fugido da chuva.

— Esta cidade, com chuva, é um caos — explica Romena.

— Chove sempre assim?

— Aqui não acontece nada pela metade — ironiza com uma gargalhada. E continua: — Se é para cair água do céu, então cai já um dilúvio.

Como uma caravela, avançamos pela estrada. Romena não segue em linha reta.

— Estas ruas são campos minados.

— Credo! Na cidade há minas? — pergunto assustada.

— Calma, filha. São buracos na estrada. Com as chuvas, viram crateras. 'Tás a me entender?

— Perfeitamente.

Julgando que a viagem iria demorar mais do que o previsto, Romena introduz-me à cidade:

— Ali é o Prenda. Cuidado com esses gajos. — E aponta para as carrinhas de cor azul e branca estacionadas na berma dos passeios. — Não sabem conduzir — adverte. — Só atrapalham.

— São miniautocarros?

— Aqui chamam-se candongueiros. É género táxi coletivo. Não entres neles.

— Porquê?

— São do povo — esclarece Romena, diferenciando-nos dele.

— É perigoso?

— Du-vidas!!

A chuva vai amainando, e o silêncio é substituído pela *beatbox* de Luanda. São buzinadelas em graves, sirenes, conversas, gargalhadas e motores em agudos. É a cidade a improvisar as rimas do dia a dia. "Aeroporto, Aeroporto", "Mutamba, Mutamba", "São Paulo, São Paulo" lançam em estilo livre os MCs dos candongueiros. A intensidade muda. O cotidiano é velozmente narrado nos decibéis dos kuduros que competem entre si. Acontece a metaforização do corpo urbano: abandona a sonolência, vibra agressivamente e vai para a luta da sobrevivência.

É tal e qual como se uma ofensiva de pessoas e viaturas surgisse por brechas nas paredes ou fissuras no chão, para de imediato propagar-se pelos passeios esburacados e estradas deixadas barrentas pela chuva.

Com crianças aninhadas às costas, chegam mulheres armadas de bacias recheadas com o colorido de frutas, legumes e latas de bebidas. Estendem o pano no chão, improvisam a banca e vendem o que têm na esperança de conquistar o dia. Ao longo da estrada, fileiras de homens começam a colar-se à fila de carros. Vendem a parafernália que se pode encontrar numa loja dos trezentos. A cadência da sua marcha militar é marcada pela lentidão do trânsito.

— A tua porta está trancada? — indaga Romena.

— Agora sim — asseguro, depois de verificar que a porta do meu lado está bem fechada.

— Eh pá! São uma praga estes gajos. Não abras muito o vidro.

Assustada, evito olhá-los. Não quero chamar a atenção.

Na estrada, os jipes, com as suas rodas altas e estrutura maciça, contrastam com as sucatas que ali circulam. O direito de passagem advém da ordem das castas sociais ou da insistência do empurra-empurra para furar o regime rodoviário.

É então que não batemos por pouco. Com o susto, encolho-me e protejo a cara com o meu braço. Romena não consegue evitar e diz, brincando:

— Calma! Aqui ninguém se toca. É tipo dança, estás a ver?

— Mas assusta — justifico-me.

— Vais habituar-te.

Romena não se acanha e não deixa de fazer manobras perigosas.

Retenho-me a observar em volta. Os prédios são antigos e com semblante caído. Suspensas, nas suas janelas estão débeis caixas de ar-condicionado e parabólicas. Os seus portões e varandas gradeadas parecem-me intransponíveis. Vive-se dentro de casa, com medo do que existe do lado de fora.

Vejo duas crianças só com cuecas a revolver uma poça de água onde flutua lixo, a imprecação da cidade.

Observando a minha expressão desfigurada pela agonia e tristeza, Romena solidariza-se:

— Dói, né!? Vamos fazer o quê? Ver muitas vezes o mesmo habitua o olho e fecha o coração.

— Um horror.

— Tens de agilizar o sentimento — alerta-me.

— Como?

— Não olhar. Não pensar nisso. Se vais por esses caminhos aqui em Luanda, vais deprimir.

— Fingir que não vejo.

— Isso. Não és tu que vais resolver o problema deles.

— Podíamos tentar — sugiro.

Desistindo de me tentar convencer, Romena tenta animar-me mudando de assunto:

— Conheces a história da nossa rainha Ginga? — pergunta-me.

O meu silêncio dá-lhe a resposta.

— Só as Marias do teu Portugal — ironiza Romena por detrás de uma risada.

— Foi o que estudei na escola — tento, parvamente, justificar-me.

— Vamos passar pela Baixa para veres a linda baía de Luanda.

Até à baía de Luanda, são vários os pedintes que se aproximam com a mão esticada. A maioria são jovens mutilados. Romena ignora-os, é como se não estivessem ali. Eu faço o mesmo e continuo a olhar em frente, sentindo-me incapaz de ter qualquer reação.

Na Baixa de Luanda, como no resto da cidade, são vários os prédios com as paredes por remendar. Romena esclarece que muitos dos buracos foram feitos pelos tiros das balas de noventa.

— Passámos mal. Medo! — relembra Romena, sacudindo a mão e aproveitando para acender um cigarro.

Romena está certa. No meio do caos, a marginal da baía de Luanda é a montra da cidade.

Entramos numa rua por detrás da marginal. Romena aponta para um prédio comprido de oito andares, indicando que é ali que vive. Acrescenta que, do outro lado do passeio, é o edifício das Nações Unidas.

— Qual o nome da rua?

— Direita.

O jipe de Romena ainda não estacionou e já a vendedora, que leva a bacia cheia de peixe à cabeça, agita o passo de chinelo na nossa direção. Nas costas e presa por um pano com cornucópias coloridas, vai uma criança. A mulher desbrava a calçada esburacada e cheia de poças de água com a leveza de quem não está carregada com responsabilidades.

Saímos do carro, e Romena dispara sem grandes cuidados:

— Domingas, mais outro filho? — braveja com ar de reprovação, apontando para a t-shirt branca do World Food Programme que a vendedora traz vestida.

— Sim, dona Romena — confirma Domingas com ar envergonhado.

— Mais filhos? 'Tá fácil a vida de zungueira.

— Toninho quer.

— Já trabalha?

— Ainda.

Romena abana a cabeça e rumoreja palavras que não consigo entender.

A criança que Domingas tem nas costas não se mexe. É como se tivesse partido o pescoço e morrido de olhos abertos. Oiço a bagageira do jipe a ser aberta. Um homem já mais velho, com cabelo branco e barba rala, tira do jipe a minha mala e pergunta-me:

— Mamã, tem mais coisas para subir?

— Não sei — respondo.

Romena deixa de falar com Domingas e aproxima-se do homem.

— É tudo, senhor Timóteo. Vamos já subir.

Romena comanda o trajeto. Sigo com Domingas e com o senhor Timóteo.

À porta da entrada do prédio estão mais duas zungueiras. Cada uma com a sua bacia do seu "pão nosso de cada dia".

É um edifício deteriorado, que aparenta nunca ter sofrido manutenção. As paredes têm uma camada de sujo entranhado, mas o chão acabara de ser limpo. Sinto o cheiro forte a creolina.

Vamos em direção às escadas. Reparo que onde, provavelmente, seria o elevador está uma porta em metal trancada a cadeado.

Já subimos mais de dez vãos de escadas. A construção do prédio permite que o ar entre e circule com facilidade pelo seu interior, quebrando assim a densidade morfológica do corpo arquitetónico debilitado. Cada andar divide-se em um corredor para a direita e outro para a esquerda. São corredores gradeados logo à entrada. Portões, grades, portas, cadeados limitam o acesso aos apartamentos. São espaços tornados impenetráveis, que contrastam com as galerias que existem entre os andares do prédio e onde as crianças brincam livremente.

As áreas individuais e exteriores dos apartamentos, ao contrário dos espaços comuns do prédio, são pintadas, limpas e organizadas. Uma grade, plantas ou cadeiras dividem os espaços comuns dos privados.

O senhor Timóteo para. Está cansado. Ofereço ajuda. Ele recusa.

Domingas passa-nos e continua a subida com Romena. Movimenta-se com tranquilidade e segurança. Tem a ossada e os músculos perfeitamente alinhados. É como se uma linha vertical a elevasse e a tudo o que sustenta. Não existem tensões, nem rigidez. A cabeça vai direita, sem estar demasiado baixa ou alta. Domingas sobe as escadas com porte de rainha. Não deixa que o peso da vida lhe deforme a dignidade com escolioses ou cifoses. Quando poisa cada pé, fá-lo para que o chão saiba a sua força. Domingas não deve nada a ninguém. Deus e o Diabo devem-lhe tudo. Têm dela se desviar.

Eu e o senhor Timóteo recuperamos o fôlego. Chegamos ao andar de Romena. O senhor Timóteo pousa a mala. Da testa escorre-lhe o suor pesado da mala transportada. Eu poiso a vergonha dos meus queixumes.

Na porta de casa, o peixe da bacia é escolhido a dedo por Romena. Deixa para pagar amanhã. Não tem o valor certo e Domingas não tem troco. A gorjeta de Timóteo também fica para depois.

Entramos em casa. Romena pede que eu aguarde na sala e diz-me:

— Faz de conta que estás na tua casa. Aqui não tens de fazer cerimónias.

"Faz de conta que estás na tua casa" é uma formalidade da boa educação que intenta colocar a pessoa convidada à vontade. É bem-intencionada, mas é falsa. Ou pelo menos assume que os hábitos na nossa casa são os mesmos dos de quem nos recebe. Por norma não é o mesmo. Não fazer de conta que estamos na nossa casa é meio caminho andado para garantir uma boa convivência quando se é visita. Foi a avó Elisa quem me ensinou.

O espaço está fresco, em silêncio e perfeitamente arrumado. O interior do apartamento contrasta com a degradação e abandono do prédio, da rua e da cidade. O design dos móveis imprime-lhe uma aparência europeia. O cómodo é abimbalhado pelo exagero da decoração prateada. "Gostos não se discutem", redimo-me do meu pensamento, mas sem conseguir parar com a crítica decorativa. O sofá de madeira maciça e pele castanha destoa de tudo o resto. Questiono-me sobre quantos homens terão sido necessários para transportar aquele mono até ali.

A mesa do pequeno-almoço está posta. Em cima de uma toalha branca com pequenas flores vermelhas, um bule com chá, outro com café, açúcar, pão, manteiga, queijo, fiambre e um bolo caseiro. Tudo o que me apetece é uma papa Nestum mel. Se estivesse na minha casa, é o que comeria. Bastava que fosse à despensa, e lá estariam pelo menos duas caixas. Uma aberta e outra fechada. A avó Elisa tem sempre no mínimo duas unidades de cada produto, seja lá do que for. "Trauma da guerra", desculpa-a a tia Isaltina. Outro efeito da guerra é guardar o desnecessário. Raramente vai qualquer coisa para o lixo. Aparelhos inutilizados, roupas velhas, mobílias, revistas, papéis, cordões, frascos e tantas outras coisas são guardadas porque, quiçá, "podem vir a ser precisas". Vai tudo para um antigo estábulo transformado em armazém. Na casa de Romena, parece-me que não se guarda nada.

Romena Cambissa aparece na sala acompanhada de duas mulheres negras. Apresenta-as como sendo Josefa e Mariela. São mãe e filha. Ambas baixas e escanzeladas. O ar abatido é-lhes acentuado pelas pálpebras superiores caídas. Com dificuldade, tento ver-lhes os olhos. Lá os vejo. São negros com esclera amarelada. Suponho que ambas possam desfalecer a qualquer momento.

Cada uma usa uma bata cinzenta. Preso à bata e à volta da cintura, um avental branco. O traje é uma cópia modesta dos uniformes das empregadas domésticas das famílias chiques das telenovelas brasileiras. Estão ambas descalças. Têm os pequenos pés grossos e largos. A textura da pele é dura. Talvez se tenha tornado carapaça para os proteger. Têm o cabelo encarapinhado, curto e desalinhado. Só os cabelos brancos as diferenciam. Josefa cozinha e Mariela limpa. A história da mãe Josefa é já a vida da filha Mariela.

Depois do café com pão e manteiga, Romena leva-me ao andar de cima do apartamento. Mostra-me onde irei ficar a dormir. No quarto das filhas, está no chão um colchão para mim. Desculpa-se, mas não tinha espaço para colocar uma outra cama. Desfaço-me eu também em desculpas por ter vindo incomodar a família e tirar-lhes a privacidade. Agradeço veementemente.

Romena fecha a porta do quarto e indica-me onde é a casa de banho, alertando:

— Poupa água. Há mais de uma semana que não há água da rede.

— Está bem.

— Sabes que aqui não se bebe água da torneira?

— Não sabia. É perigoso?

— Muito. Melhor mesmo é lavares os dentes com água filtrada. A Mariela que te arranje uma garrafa.

— Mas posso morrer?

— Aqui tudo mata — diverte-se Romena, vendo que estou a ficar assustada.

— Vou ter cuidado.

— Toalha, pede à Mariela.

— Posso abrir a janela? Está quente aqui.

— Não.

Romena de imediato liga o ar-condicionado e passa-me o comando para a mão, advertindo:

— A cidade é poeira e mosquitos.

De banho tomado, deito-me no colchão. O quarto já ficou gelado. Ajeito-me na almofada. Queria ter trazido a minha. Sinto-me desamparada. Luanda é distinta de Lisboa e sem comparação com o idílio da vida na Malveira. Aflora em mim o sobressalto do arrependimento. Não tenho sono.

Romena vem ao quarto. Justifica-se ter de sair de casa. Vai passar no ministério para assinar o ponto, depois na padaria para controlar a caixa. Lá para as dezoito horas estará de regresso. Não almoça em casa, mas orientou que houvesse almoço preparado para mim, caso eu tenha fome. Não tenho.

A custo, volto a ajeitar-me à almofada. Penso na Catarina. Tenho saudades dela. Adormeço.

Quando acordo, o dia já tinha passado. Oiço barulho vindo do andar de baixo. Os sons dos talheres e das conversas denunciam que as moradoras da casa estão de regresso e a jantar. Não me apetece descer. O estômago vazio arrasta-me pelas escadas.

Falam todos muito alto e com entusiasmo.

— Uma paz paga com sangue! Temos, então, de desfrutar!

Nas escadas, sinto a emoção daquela voz masculina, que continua:

— A vitória é certa!

Quando surjo na sala, fazem silêncio e a mesa ganha formalidade. De imediato, Romena apresenta-me como sendo a sobrinha da sua amiga Isaltina. À mesa, é ajeitado um lugar para que eu me sente.

— Vive em Portugal e está cá à procura da mãe — clarifica Romena, com o olhar húmido e brilhante.

— Boa noite a todos.

Todos se levantam para que sejam dados dois beijos e se façam as apresentações.

— Fazes o quê? — questiona Romena.

— Sou bibliotecária.

— É bibliotecária — repete Romena, como se tivesse de traduzir o que acabei de dizer.

Sentadas junto à cabeceira da mesa e ao lado da mãe estão Nádia e Katila, as filhas de Romena. São gémeas idênticas. Consigo distingui-las pelo corte e cor do cabelo. Nádia tem o cabelo comprido e preto. Katila usa-o por debaixo das orelhas e com reflexos aloirados. São parecidas com Romena, mas mais magras. Apenas o longo nariz e ligeiramente arrebitado parece ter sido retirado de um outro rosto e no delas colado.

À mesa, a jantar, para além de Romena e das filhas estão mais dois homens e uma mulher. Um dos homens é Nino, sobrinho de Romena, o outro é Lito, marido de Salala, a mulher que os acompanha, prima de Romena. Pelo que entendi, passaram para cumprimentar a família e acabaram por ficar para a refeição.

Os primos são um casal com os seus trinta e cinco anos. Salala e Lito vivem em Benguela. Pelas palavras de Salala, entendo que estão frustrados:

— Nada se faz sem gasosa. Mesmo assim, a coisa não funciona.

— Arranjem outro esquema para tirar o carro — sugere Romena, enquanto me passa a travessa de pírex. A seguir, reclama de Josefa:

— Tantos anos e ainda não aprendeu a não queimar a comida. Difícil esta gente!

Nino, o sobrinho, ironiza:

— Tenha calma, tia. No kuimbo não têm esparguete. É mandioca e fogareiro.

— Não sejas armado — contesta Katila. — A gozares com a desgraça dos outros!

— Não é gozo, é facto, minha prima.

— Nino tem razão — contrapõe Romena.

Nino está sentado na outra cabeceira da mesa, em frente a Romena e do meu lado esquerdo. É negro, careca, bolachudo, com óculos redondos sem armação. Usa um perfume invasor que pede em desespero para ser notado.

— A tia Ro tem de lhe cortar no salário! Senão não aprendem — continua o primo Nino a insistir na conversa.

Katila vai a contestar, e Romena decide escamotear a conversa para mudar de assunto e travar a zaragata que por ali vinha a caminho:

— Hoje, quando fui apanhar a Vitória, o aeroporto estava cheio — refere Romena amoravelmente, passando a mão pelo braço da filha, visivelmente amuada por não ter tido hipótese para expressar a sua opinião.

— Não vão parar de vir — profetiza Salala, dando um golo no seu copo de cerveja.

— Vão-nos enganar! — alerta Lito, marido de Salala. — Com'é, então? Mais colonos brancos? — E, com colossal irritação, espeta o garfo no peito de frango assado.

Um estranho silêncio vindo do céu abate-se sobre a mesa. Olhares colam-se a mim para, sem demoras, se dissiparem.

— Ela é clara, mas é daqui — tenta Romena explicar que ninguém tem de se sentir incomodado com a minha presença. Clarifica que sou uma deles.

Sorrio em concordância, mas sem entender o comentário. Lito sorri de volta.

No seu fato cinzento escuro e gravata posta, Nino ajeita a voz e pergunta:

— Acham que vamos perder mais tempo com esses gajos?

— Que gajos? — pergunta Romena.

Inquirição oportuna, pois havia perdido o fio à meada.

— Os que nos estão a complicar com o financiamento para a reconstrução.

— Gostam de nos dificultar — atiça Lito.

Nádia, Katila e Salala ausentaram-se da conversa, parecem--me estar mais ocupadas a dividirem o que ainda resta do jantar.

— Ai é? — duvida Romena.

— Aqui ninguém vai mandar mais do que nós — ressalva Nino com extrema convicção, içando, ligeiramente, a voz.

— Brincas ou quê? Conta, então! — pede o primo Lito, estalando os dedos com entusiasmo.

— Não pode sair daqui — acautela Nino, como se o que está prestes a revelar fosse segredo de Estado.

Nino para de falar e olha para mim, a assegurar-se de que não sou uma "boca escancarada".

— Não sai daqui — sinto-me na obrigação idiota de o garantir.

Sabendo que a plateia está expetante pela revelação, Nino cria um pouco mais de suspense:

— Es-ta-mos em ne-go-ci-a-ções com? Com? — pergunta, circulando os olhos muito abertos pela mesa.

As expressões confusas dos rostos dão-lhe a confiança para garantir a surpresa:

— A China.

— China?! — exclamam Romena, Lito e Salala.

É então que, com fulgência, Nino se desdobra em análises e explanações económicas e sociopolíticas que atestam ser essa uma jogada de mestre para que a reconstrução do país e a melhoria do bem-estar da população aconteçam, "e já!".

— O presidente não é parvo — esclarece Lito.

— Estratega — acrescenta Nino.

— Aleluia! — exclama Romena, com alegria.

— Só se fala de milhões. Milhões de dólares! — sumariza Nino os pontos altos da última reunião do partido.

— Temos de ver como fazer *business* e...

Inesperadamente, ficamos às escuras. Olho pela janela da sala, e as luzes que estavam acesas no prédio da frente também se tinham apagado.

— Pronto, está difícil! — reclama Katila da ida da luz.

— Nádia, minha filha, vai ligar o gerador.

Esta levanta-se da mesa e dirige-se à porta da entrada.

— Primo Nino, pede ao teu partido para resolver a falta de energia.

— Com'é, então, Katila? Roma e Pavia não se fizeram num dia.

Começam a surgir na sala sons vários de motores a trabalhar. São os geradores dos apartamentos.

Como um holofote, o prédio da frente volta a ficar iluminado.

— Luz, água, hospitais, escolas, estradas... Queres que continue com a lista? — Katila acrescenta.

— Está tudo no plano, prima — assegura Nino.

— Já não se aguenta mais — confessa Romena.

— Mãe, pediste ao Timóteo para comprar gasóleo? — questiona Katila, preocupada com a demora do regresso da luz.

— Mais alguém, nesta casa, trata de alguma coisa? Pedi, chefe. Vou fumar um cigarro.

Romena levanta-se e vai para a varanda. Salala e Lito acompanham-na.

Nino e Katila conversam sobre as prioridades para o país. Valorizando as ideias da prima, Nino tenta convencê-la a juntar-se à juventude do partido.

— Nada. Não quero makas.

— Depois, reclamar é fácil.

Quando Nádia regressa à sala, traz consigo a luz. Os fumadores também voltam.

— O Timóteo não falha. Não quer ter problemas comigo. Brincas? — gaba-se Romena.

Timóteo tinha feito mais do que o trabalho de guarda do prédio. Mesmo assim, tudo o mais parece-me que lhe é exigido. Sinto que não quero que o senhor Timóteo tenha problemas.

— Antes que a luz vá de novo, um brinde à paz — pede Nino.

— Primeiro os copos cheios — relembra Romena, com a testa franzida e olhar muito aberto para os copos que estão vazios.

Brinde feito, barriga cheia e companhia desfeita.

# 7

Nádia e Katila pedem à mãe licença para saírem da mesa. Vão vestir-se.

Katila pergunta se quero ir com elas beber um copo e depois dançar.

— Vai que a noite vai ser animada — incentiva-me Romena. — Muitos já estão de regresso das escolas em Lisboa, Londres e Houston.

Decido-me a ir.

Com a refeição terminada, inicio-me na recolha dos pratos e talheres. Romena manda-me ficar quieta:

— És visita.

A prima Salala segue com a tarefa.

— A cerveja acabou. Queres um uísque seco? — pergunta Romena, vendo Nino a abanar as latas de Cuca.

— Uísque não. Amanhã é sábado, mas tenho compromissos do partido.

Por volta da meia-noite, Salala, Lito e Nino despedem-se. Nádia e Katila ainda não desceram.

Decido subir para lavar os dentes, passar um batom e ajeitar o cabelo. Na casa de banho está um leitor de CD a tocar R&B: *"ll make love to you, like you want me to, and I'll hold you tight, baby all through the night…"*.

Recordo-me de o teledisco passar no programa *Top+* da RTP. Cada geração de miúdas tem a sua *boys band*. Eu tinha os New Kids on the Block. Elas têm os Boyz II Men.

45

A porta do quarto está aberta. Espalhados por todo o lado estão roupas e sapatos. O colchão onde durmo também não foi poupado. Em cima dele estão colares e outras bijutarias. Surpreende-me que ainda não estejam prontas. Subiram há mais de uma hora.

Quando saio da casa de banho, oiço um telemóvel a tocar. Nádia atende. Diz que já estão prontas e que descem em cinco minutos.

Com três batidas ligeiras na porta do quarto, faço anunciar-me. Nádia e Katila estão ambas só com roupa interior, a maquilhar-se à frente do espelho da cómoda.

— Entra, está à vontade — boceja Nádia, ensonada.

— Sem cerimónias, que somos todas mulheres — complementa Katila.

— Vim apanhar a minha carteira.

A cómoda do quarto tem mais de trinta perfumes, vários peluches coloridos e fotografias presas ao espelho. Katila pergunta-me se vou "assim vestida" ou se quero mudar de roupa.

Com a mão, Nádia faz um gesto em direção à irmã. Não sei se a tentar afastar um mosquito ou se a pedir que Katila se cale. Respondo que vou como estou vestida. Pego na carteira e saio do quarto com a sensação de só Nádia simpatizar comigo.

Desço as escadas. A sala está vazia e arrumada. Romena está na varanda a fumar. Não a incomodo. Sento-me no sofá e aguardo.

Quando, finalmente, Nádia e Katila descem as escadas, pouco falta para a uma da manhã.

Parecem duas estrelas de cinema. Katila usa um vestido laranja curto com um decote nas costas que lhe chega à cintura. O cabelo penteado todo para trás faz sobressair as argolas gigantes e douradas. Reparo que a cor do batom combina com o verniz que usa nas unhas. Katila não tinha deixado nada ao acaso.

Por seu lado, Nádia tinha feito um rabo-de-cavalo no topo da cabeça. Veste macacão preto sem alças e com bordados brilhantes nas laterais das pernas. Os aclives e declives do seu corpo estão evidenciados. Acho-a mais benfeita que a irmã. Sou a saloia que chegou do hemisfério norte. As minhas calças de ganga, o meu top de folhos às riscas e as minhas sandálias rasas pretas são ridículas. Peço cinco minutos. Subo as escadas a correr. Vasculho a mala e encontro o único vestido que se poderá adequar. Dispo-me. Vejo o meu reflexo no espelho da cómoda. Estou menos mal, mas pouco melhor.

— Mas eu já não vos dou mesada?

— Mamã, então dá só cem dólares — implora Katila com as mãos juntas.

— Chiça! Hoje tive de fazer kilapi com a Domingas.

— Dá só, mamã — intercede Nádia.

— É a última vez que tiro da poupança para vos dar.

Sair de casa e descer tantos andares é um processo moroso. Implica abrir e trancar uma porta e um portão com cadeado. Há que fazer o mesmo com o portão do corredor. Não há luz no prédio. A luz dos telemóveis ajuda a escolher onde assentar os saltos altos das gémeas e os meus saltos rasos.

Chegamos à entrada do prédio. Numa cadeira de plástico branca, o guarda dormita. Passamos por ele. Não acorda.

Um jipe faz sinal de luzes e encaminha-se na nossa direção.

— São eles — diz Katila.

O guarda acorda sobressaltado e encadeado. Levanta-se. Demora-se a equilibrar o passo. Lá consegue. Tentando entender o que se passa, corre para a rua.

— Tinoni, te pagamos para dormir? — questiona Katila sabendo a resposta.

— Me desculpe.

— Quando regressar, se 'tiveres a dormir, vou-te queixar — ameaça Katila, fechando a janela do carro.

Tinoni, com medo e humildade, baixa a cabeça.

Entramos no jipe. Um rapper com voz suave e língua afiada toca alto nas colunas: "*Top dollar with the gold flea collar; Dippin' in my blue Impala...*". Trocamos apresentações. Ricardo conduz e Edson vai sentado no lugar do pendura. Reclamam do atraso, mas sem perderem a calma.

Entramos na marginal de Luanda. O deboche de luzes da iluminação da baía e dos prédios governamentais contrasta com a escuridão das residências. As palmeiras e a água dão-lhe o cunho de uma cidade dos trópicos. As estradas e os passeios estão desocupados. A confusão recolheu-se. Não é este o seu palco. "À noite, Luanda é linda", penso. Delicio-me a olhar para ela.

A viagem é curta. Estacionam o carro numa rua da Baixa, perto de uma pequena igreja caiada de branco e com uma moldura amarela a toda a volta. Duas torres gémeas protegem-lhe a arcada da entrada. É uma igreja que podia estar numa pequena aldeia portuguesa. Nádia e Katila vão amparadas pelos rapazes. Os saltos altos não se ajustam às ruínas da tortuosa calçada portuguesa. Sem muito afastar-me, sigo sozinha atrás. Nádia chama por mim e dá-me o braço.

Durante o caminho, miúdos correm atrás de nós. Assusto-me várias vezes. Katila ri-se.

— 'Tá onde o meu puto Tonho? — procura Katila ao grupo de miúdos.

— Vou chamar — diz um deles antes de sair disparado a correr.

Nós continuamos a andar por mais uns cem metros, até chegar à porta do bar.

— Madrinha, madrinha. Já cheguei.

— 'Tás fixe? Dá dois marlboro vermelhos.

Tonho não deve ter treze anos, todavia transita cigarros e dinheiro fora de horas.

É um cenário de videoclipe de hip-hop. A luz é morna e envolvente. Fuma-se cá dentro. O bar está cheio, mas movimento-me com facilidade. A união masculina está no boné de básquete, t-shirt, calças de ganga largas e ténis Air Jordan que os rapazes usam. A altura dos saltos e a escassez de tecido das roupas esganiçam a competição feminina. O grupo dispersa-se. Cada um vai ter com a sua tribo. Nádia vê-me perdida e vem buscar-me. Leva-me com ela até ao balcão do bar. Cumprimenta o barman com dois beijos no rosto e um na boca. É um mulato alto com feições andróginas. Oferece-nos shots de Gold Strike. Bebemos de penálti.

— Queres beber o quê? — pergunta-me Nádia.

— Malibu cola.

Enquanto aguardamos pelas bebidas, rapazes e raparigas vão-se aproximando e cumprimentando Nádia. Eu sou apresentada de arrasto e depressa esquecida. Partilham abraços, dão beijos e fazem *high fives* no ar. Fico com a sensação de que todos se conhecem naquele bar.

A música toca alto. Eles, os rapazes, abanam os ombros, levantam os braços e batem palmas. Por vezes fecham os olhos e proclamam o evangelho do hip-hop. Elas têm as mãos na cintura. Com os pés ligeiramente afastados e os joelhos fletidos, rodam as ancas para a frente, para o lado, para trás e, depois, para o outro lado. A ginga segue a batida da música: *"Now give it to me. Gimme that funk, that sweet, that nasty, that gushi stuff..."*.

A dança só para quando o DJ deixa de tocar música. Olho para o relógio, são três e meia da manhã. Repentinamente, as luzes são acesas, causando a impressão de serem holofotes de um estádio de futebol e ferindo os olhos. Começam todos a fugir delas e a abandonar o bar. Somos os últimos a sair.

Voltamos a percorrer os mesmos cem metros até ao carro. Aparecem mais miúdos. Seguem-nos. Não estão a vender cigarros. Com a mão a massajar a barriga, pedem dinheiro. Ninguém lhes liga. Entramos no carro. As portas são apressadamente trancadas. Continuamos na tour da night.

A estrada que fazemos está congestionada com carros. De repente, o Mercedes ML preto do condutor está rodeado. Sem medo, afrontam as rodas da viatura. Ricardo não se desvia. Acho que pensa que não deve ser ele a desviar-se das pessoas. Conduz com certeza e segue em frente.

Paramos. Saímos do carro.

Edson grita a um rapazito mingado:

— Baza daqui, porra!

Assusto-me. O miúdo não baza e continua a seguir-nos. Do bolso das calças, Ricardo tira uma nota e entrega-a ordenando:

— Agora baza!

— Não confies. À primeira oportunidade, ficas sem a carteira e o móvel — alerta Katila, irritada.

— Drogados! Deviam estar na escola — diz Edson, não sei se criticando os miúdos ou a guerra e o governo, ou os três de uma só vez.

Não vejo meninas. Não vejo raparigas. Não vejo mulheres. Não vejo as outras esquinas em que possam estar. Vejo a polícia. Guardam a discoteca.

Há uma fila enorme de homens a aguardar do outro lado da corda, que só é aberta quando o porteiro assim o decide. A corda é a fronteira que separa os que são bem-vindos dos renegados. Os brancos entram direto. Os mulatos são selecionados e os negros esperam. A escolha do porteiro talvez tenha uma base mais capitalista. Para o porteiro, é provável que um branco em Luanda tenha mais dólares para gastar do que os outros.

Vamos à entrada lateral. Não existem filas. Somos VIP. Estamos quase a entrar quando aparece um negro quase anão. Usa um chapéu *trilby*, impecavelmente branco. Os seus músculos colam-se à t-shirt. Por onde passa, todos o cumprimentam.

Desistimos de entrar.

— Grande poeta Betinho, estás fixe? — cumprimenta Nádia.

— 'Tá-se bem.

— Faz uns versos para agitar o *people* — pede Edson.

Betinho passa a mão pela coroa do chapéu e, num movimento circular, alisa os dedos pela aba de feltro. Com suavidade, puxa os vincos das calças de fato pelos joelhos e abana-os. Abre os braços e, como se estivesse a anunciar o início de um espetáculo, cantarola:

— Manos e manas, boa madrugada a todos!

O público aproxima-se.

Betinho molha os lábios, alisa a garganta e declama:

*É*
*Grande Dama*
*Vive na fé*
*A todos ama*
*Bate bué*
*Vem o dia*
*É problema*
*Baza a alegria*
*Vive dilema*
*Luanda minha kamba*
*Uau é!*
*Luanda minha dama*
*Bates bué!*

*Manos e manas*
*É sentimento*
*São rimas insanas*
*Deste momento!*

*Essa dama*
*bate bué!*
*Luanda minha kamba*
*Uau é!*

O público, arrebatado pela emoção de Betinho, bate palmas e grita com entusiasmo:

— Olaré!

Vozes de fundo pedem que todos se calem.

— Deixem-se de ilusões — escarnece Katila, com a mão na cintura.

— Betinho a representar. A família é complicada, mas é a nossa — goza Betinho, passando o seu chapéu virado por todos, a pedir contribuição.

Um branco tenta deitar uma nota no chapéu de Betinho. Com educação, Betinho recusa e remata:

— Só se compra o que está à venda. Ofereço a minha poesia.

Após Katila muito insistir, o segurança permite que Betinho entre connosco. Perco-o de vista.

A entrada da discoteca é um jardim aberto. O volume da música é ensurdecedor, só quase nos conseguimos entender através de gestos. Ricardo e Edson fazem sinal que vão para dentro. Indico que prefiro não entrar. Nádia e Katila ficam comigo.

As caras dançam aliadas e os corpos aglutinados. Reparo melhor. Afinal, não são todas as caras, nem todos os corpos, que estão assim. Nem todos são íntimos. Há corpos que dizem: "Não nos conhecemos". Há outros que aparentam não precisarem conhecer-se para se unirem.

Tocam-me no braço. Um estranho pede-me para dançar. Agradeço e recuso. Katila empurra-me contra ele e inoportunamente diz:

— Vai dançar, sua chata.

— É-me difícil acompanhar o ritmo.

— Calma. Tudo se aprende — conforta-me o desconhecido sedutoramente.

A mão masculina que antes segurava a minha enrola-se à minha cintura. O dialeto do desejo com firmeza e pressão

52

puxa-me para lá e puxa-me para cá. Ensina, com elegância e candura, o meu corpo a fluir. Quando flui, é leve, harmonioso e liberto da ambiência que me constrange. Talvez seja o mesmo que levitar em movimento ou ter nascido a saber dançar.

Paulo. Chama-se Paulo, o desconhecido. Paulo pede-me para fechar os olhos:

— Sentes melhor a música.

Chega uma nova canção. Paulo continua no mesmo ritmo. Só paramos forçados pela música comercial que primeiro lança para contracena a kizomba, para depois a tirar do palco. O nosso encontro casual termina ali.

Procuro por Nádia e Katila. Não as vejo. Dou por mim numa roda onde todos dançam. Decido ali ficar. Imito alguns movimentos. Outros surgem naturalmente. Linhas grossas de suor correm-me pelo rosto, barriga e pernas. Nádia aparece.

— Baza — diz-me com a determinação de quem não vai esperar nem mais um minuto.

O dia está a nascer. Esperam por nós à porta da *disco*, Katila, Ricardo e Edson.

— Está no sangue. Não há como fugir — goza Katila comigo enquanto bate palmas.

— Não gozes. A culpa é tua — defendo-me.

— É mesmo? Fui eu que te agarrei, te encostei e te rebolei?! Euê!

Edson, Ricardo e Nádia riem da figura de Katila a imitar-me a dançar. A imagem fere-me os olhos.

— Vai um caldo? — sugere Edson.

— Arranca — decide Katila, pedindo a chaves do jipe a Ricardo.

Os vidros vão todos abertos. Seguimos a caminho da ilha com o volume da música no máximo: *"Don't blame it on the sunshine. Don't blame it on the moonlight. Don't blame it on the good times. Blame it on the boogie, I just can't, I just can't. I just can't control my feet...".*

Um ímpeto interior que chega do vazio persegue-me, nunca me deixando totalmente em paz. Surge mais uma vez, trazendo a névoa para tudo o que eu vivo agora, entorpecendo em dueto qualquer pensamento alegre que tenha e sorriso que dê. É uma dor suspensa, primitiva, que me faz viver com medo.

A voz de Katila afasta-o com prontidão, não deixando que a inquietação me continue a consumir.

— Com'é, Vitória?! As pilhas acabaram? — indaga, olhando-me pelo espelho.

Katila conduz até ao final da ilha e regressa à entrada. Faz isso várias vezes. Não se tem mais para onde ir. Somos animais presos num circuito de corrida fechado. Sinto o cheiro a erva. Ricardo passa o charro para trás. Só Edson é que fuma. Katila desliga a música. A excitação da noite amaina com o abandono das palavras. Não se fazem partilhas. Cada um fica no seu recôndito interior, revolvendo o sentimento.

Por fim, paramos em frente a um edifício circular. O telhado é feito de capim prensado, e a estrutura aberta é de madeira. Sentamo-nos numa mesa com vista para o mar. Enquanto esperamos que nos venham atender, Edson faz conversa fiada. Pergunta-me de onde sou e se gostei da noite.

— Vamos ao que interessa. Esse olhar assim é o quê? — exige-me Katila uma explicação.

Pela forma como se faz silêncio e as cabeças se orientam na minha direção, deduzo neles a aflição da curiosidade. Uma necessidade que tem de ser satisfeita.

— Nasci assim. É um olho sempre a boiar e outro que se agita, como o Chico Buarque canta — explico.

— Dá-te charme — considera Ricardo, concordando Nádia com ele.

— Um defeito que me dá charme.

— És estrábica, mas até és bonita.

54

Com a impressão de que mais perguntas estão a ser con-geminadas, adianto-me. A certidão narrativa completa do re-gisto do meu nascimento conta que, no dia 15 do mês de abril do ano de 1978, às oito da manhã, na freguesia de Fátima, pro-víncia do Huambo, nasceu um indivíduo do sexo feminino a quem foi posto o nome de Vitória Queiroz da Fonseca, filho de pai incógnito e de Rosa Chitula Pacheco Queiroz da Fonseca, no estado de solteira, de profissão militar, natural da freguesia do Andulo, província do Bié. Neto paterno de incógnito e ma-terno de António Queiroz da Fonseca e Elisa Valente Pacheco Queiroz da Fonseca. Cresci na Malveira, em Portugal. Estava noiva. Ia casar. Desisti do casamento para vir procurar a mi-nha mãe. Sempre quis acreditar que estava morta. Era mais fá-cil. Não sei se está viva ou morta. Não sei se isso na realidade importa. Vim à procura.

Comemos os caldos e fomos para casa. Alguns bares só agora fecham as portas. Fecho os olhos. Estou exausta e muito tonta. Oiço o barulho de portas a serem abertas. Chegamos. Saio. Andamos. Subimos. Nádia e Katila estão ambas calçadas com havaianas. Levam os sapatos na mão. "De onde terão sur-gido?", pergunto-me.

# 8

Nádia atira-se para a cama de barriga para baixo. Não se despe. Deita-se pintada e com os pés sujos. É a liberdade de quem não se importa. Katila, antes de se fechar na casa de banho, critica a porquice da irmã.

Sinto-me maldisposta. Tiro o relógio, deito-me no colchão. Tenho a cabeça em desordem. "Não consigo dormir com esta almofada, há tanta coisa a que não me consigo acomodar na vida, amanhã vou ver se peço outra à tia Romena, não é minha tia, a ver se não me esqueço, não me vou lembrar, a cabeça não para de rodar, será que a mãe sabe dançar ou sabia dançar? Que merda é essa incógnita, sempre me fiz transparente, senão como sobreviveria aqui, todos querem ser notados, ocupam espaço com convicção, tenho de comprar pelo menos um novo vestido, não me sinto capaz, tudo o que quero é pertença, não aos Queiroz da Fonseca, a mãe recusou pertencer à família, ao avô, mas podia ter regressado, eu toda a vida desamparada, calada, para não chatear, aqui também não posso, nem nascer pelos vistos podia, nasci, se calhar a mãe pensou que não sobreviveria, mas então porque não me matou? Seria tão mais fácil agora, é a barriga, deve ser o caldo de peixe, espero que não fique doente, não devia, que mania tenho de ser agradável, não como ela, tem de me fazer existir, está lá o seu nome, pouco me importa, nem ela sabe quem foi o pai, talvez não o tenha desejado ser, a Nádia e a Katila não falam do pai, e a Romena parece-me que vive sozinha, não usa aliança, ainda bem, parece que, para sermos mulheres, temos de ser pertença de um homem, o avô António é o guardador de ovelhas que não se importa de tirar os bezerros, a avó tem os cordões umbilicais de todas as filhas, um asco, não se pode criticar, nunca se pode nada, mais um segredo muito bem guardado, fingimos que não sabemos, que não vemos, que não existimos, irra, só se pode o que ele quer, coitado, mas não posso ter pena, não posso, a mãe não teve pena de mim, que raio de mãe, não a posso criticar, vá, não chores, sempre a vítima abandonada, vais acordar a Nádia, como conseguem dormir? Como é possível que, nesta terra, se descanse? Já não digo pela consciência, mas pela falta dela, o barulho da discoteca, coitado de quem perto dali vive, também tens pena de toda a gente, de ti alguém teve pena? Tanto eu gritava, os pesadelos, o internato também foi uma grande solução, se soubessem o que penso, estaria com a tia Isaltina. Gosto da Romena. Têm o mesmo humor. Ela é muito divertida, não sejas má, podia bem ser tua tia, mas assim a Nádia seria minha prima, nem pensar, por que razão não se tapa? Eu, neste colchão ao lado, é melhor afastar-me, ainda lhe toco no braço que pende quase sobre mim, que estou no chão, tão diferente da Katila, também devo ser diferente da minha mãe, mas elas cresceram juntas nove meses na existência do seu corpo, na intimidade do seu ventre, vivendo do seu sangue, os bebés carregados às costas, devo ter sido um deles, quando nasci sem berço, sem berço de mãe, quando é que terá decidido que eu passasse a memória? Tinham a certeza de que estava morta, eu a cada ano a fazer presentes no dia das mães, 'oferece o teu à Nossa Senhora de Fátima', acham que é assim tão fácil? Aguentou a arma e não aguentou o meu peso às costas, eu que sempre fui tão franzina. Dois quilos? Três quilos? Cinco? Ela está viva, eu sei que está viva, este ar frio, vou ficar gripada, tenho de pedir um cobertor, quase que me arrependo de tanto sofrimento calado, não me posso queixar, imagino, se cá tivesse ficado, a vida que teria tido, tenho de agradecer ao avô, gosto muito do meu avozinho, uma desgraça essas crianças e mulheres, riem, a guerra é criada por egos cobardes e feridos, se tivesse cá ficado, o que teria sido de mim? Mas tanto tempo a fazer o quê na casa de banho? Vendia cigarros, carregava bacias de peixe, quantos filhos? Podia também ter estudado em Londres, e a mãe estar casada, e eu com outros irmãos e irmãs, será que os tenho? Vou ter mesmo de me levantar e ir à casa de banho. Espero que haja água disponível. Já devem passar das sete horas, onde pus o meu relógio? Agora não há tempo. Finalmente saiu. Entra no quarto e deita-se na sua cama. Levanto-me. Testa primeiro se há água. Merda, que merda, mesmo o jindungo está-me a picar o cu. 'Vai à merda', onde fica a merda, estou na merda, preciso de um banho, não tenho outra opção, vou ser rápida, a honra e a vergonha, que falsidades, a sensualidade ou o convencionalismo, uma coisa ou outra, a merda deve ser o pior lugar do mundo. 'Ela será chamada mulher porque do homem foi tirada', livro de Génesis, elas não choram, são duras como as estátuas de pau-preto que a avó tem na sala, o pior lugar da terra, é ser-se mulher negra, quem delas cuida não sei. Melhor pôr os dedos à boca e vomitar, sai tudo de uma vez, bebi demasiado, aqui sou clara, lá sou escura, o sítio do meio é o segundo pior, devia ter vomitado primeiro, que cheiro a merda, tenho de me sentar um bocado, estou tão acelerada, sem forças, entra no duche, uma maravilha a água quente a escorrer-me pelo corpo, só mais um bocadinho, que dor nos pés, possivelmente um solavanco que lhe aconteceu no meio das pernas, é a mãe que nos gera, só mais um minuto e saio. Vou levar a toalha para não molhar a almofada. Calma, respira, a Josefa e a filha já devem ter chegado, um chá ia bem, nem água aqui posso beber, não estou em condições para descer, desce, estás com cara de maldisposta, intoxicação alimentar, qual é o problema? Vai dormir. Deita-te e cala-te. Tenho de encontrar o relógio primeiro. Deve estar do lado da cama. Encontrar objetos pode ser tão difícil como encontrar pessoas. Mau hábito que ganhei da avó Elisa, escondo tão bem as coisas que depois não as consigo achar. A mãe está escondida. Não quer ser encontrada. Deve ter vergonha, deve estar arrependida, devo contar carneiros, a pulsação acelerada quando a criança nasce e continua presa à mãe pelo cordão umbilical, a sua pulsação é um repetidor, deve ser já a dela quando se dá o sopro e ela respira pela primeira vez, eu sou eu, quando inspira e expira, o eu maior talvez me tenha parido, eu me tenha parido, fui nascida, não estou nascida, irra, muito cansada, não consigo dormir, sempre assim, barulho estranho, vai chover, a música estava fantástica, quero sair mais vezes, em Lisboa é tão diferente, um desalento e, de tudo isso, não me deve ter cantado canções de embalar, que gosto horrível, nem consigo engolir, vou ter de descer para beber água, ninguém esqueceu Angola, não esqueceram a mãe e queriam que eu não quisesse saber da minha, é tão mau sentir-me sombra de uma identidade, uma língua cortada, por isso devo ter começado a falar tão tarde. Vou descer."

Enrolo a má disposição num canto do estômago. Vou à casa de banho disfarçar o hálito a álcool e o rosto exausto. Faço uso de truques antigos para encobrir as ressacas das bebedeiras que apanhávamos no internato, logo após aos jantares de domingo.

Fazer entrar álcool no internato requeria uma estratégia que, de tão óbvia, se tornava ridícula. A Rute, que, apesar de não ser a mais velha, era a que já tinha corpo de mulher-feita, ia comprar vodca ou gin. Depois, cada uma de nós enchia a sua garrafa Luso pequena com a dose semanal de álcool. Já dentro do internato, juntávamos o grupinho e, na sala de convívio, bebíamos da garrafa com a mesma naturalidade com que se bebe água. Ninguém notava.

A prática para esconder uma ressaca é simples, sendo apenas necessário, para máxima eficácia, que sejam seguidos os seguintes passos e nesta sequência. Primeiro, lavam-se os dentes e esfrega-se a língua várias vezes. A seguir, vem a etapa mais crítica. A boca deve estar completamente seca antes de se revestir todo o seu céu com pasta dentífrica. Para tal, é indispensável que, primeiro, seja removida toda a saliva. Sugiro que se usem os músculos das maçãs do rosto para sugar a saliva e depois engoli-la. Cuspir vigorosamente é, também, uma alternativa.

Depois da eliminação do hálito a álcool, passa-se à criação da frescura, ganha numa noite bem dormida. Aquecem-se as pontas dos dedos e dão-se pequenos beliscões no rosto. O sangue ativado torna a pele rosada e firme. É o que faço agora em frente ao espelho da casa de banho.

Só não há nada que disfarce uma cabeça pesada.

Josefa está na cozinha. Saúdo-a e pergunto-lhe pela água para beber. Movimenta-se com rapidez para me dar um copo com água. Quando se aproxima, noto-a cabisbaixa.

— Que foi, dona Josefa?

— Minha prima Quininha, lhe mataram ontem.

— Lamento. Os meus sentimentos — digo, fugindo de mim palavras mais apropriadas para a confortar.

O certo é perguntar o que se passou. Não o faço. Decido antes beber a água. O prenúncio é de desgraça.

— Dona Romena foi no cabeleireiro. Deixou recado para irem no casamento às dezassete horas.

Arrependo-me e resolvo que quero saber o que aconteceu à prima de Josefa:

— O que se passou com Quininha?

Josefa, não se contendo, começa a chorar:

— É muita injustiça. Um carro das FAA lhe atirou.

— FAA?

— Os militares — esclarece.

— Dispararam?

— Sim.

— Não chamaram a polícia?

— Que polícia, dona Vitória?! Deixou três crianças assim. — E, com a mão, Josefa indica-me a altura média das crianças.

— E agora, Josefa?

— Agora, nada. Fazer mais o quê! É o país em que vivemos. Minha prima passava o dia na zunga, no sofrimento, no sol. Coitadinha, meu Deus, agora descansa.

"Caramba que desgraça", penso sem o partilhar com Josefa e ficando com a sensação de que ela gostaria de ouvir de mim mais algumas palavras. Sirvo-me de mais água.

Josefa pergunta-me se quero que ela sirva o almoço. Respondo-lhe que não tenho fome.

— Dona Vitória está incomodada?

"Incomodada com o quê? A vida, com ela, a desgraça contada, com ter fugido de um casamento, não conhecer a minha mãe, sentir-me abandonada. Incomodada com o quê, Josefa?", penso e respondo:

— Mais ou menos.

Josefa é positiva e esperançosa e diz-me:

— Vai passar.

Encho o copo com mais água. Despeço-me e subo as escadas.

Já deitada no colchão, começo mais um monólogo:

"Tudo o que hoje preciso é de um casamento. Com certeza, não tenho de ir. Nem conheço os noivos. O meu, daqui a três semanas. Um erro, o Dinis. Não o devia ter envolvido, estava ali à mão de semear, a Catarina nunca me irá perdoar, mas ela até já estava casada, tão perfeita, quando me agarra pela mão, chega! Basta! Dorme! Mais valia ir nua para o altar, quase que o

61

fazia. Psiu! Coberta com o açúcar dos pacotes pequeninos que a Catarina guarda quando toma a bica. Viram melaço salgado nos meus lábios, e ela lambe como ninguém. Iam ver no altar a virgem estrábica temerosa ao deus Queiroz da Fonseca. Por amor à Eva, deixem-me em paz! Irra! Cala-te e dorme."

# 9

O som dos saltos altos de Romena escala até ao primeiro andar. Não estou certa se nos viu chegar pela manhã. Entrei em casa a cambalear, ou talvez não. Não estou certa. Muito provavelmente foi a vergonha que criou os píxeis dessa reminiscência. Vou descer. Partilhar o papel.

Preocupo-me demasiado com o que os outros pensam. Aflige-me alguém que já tenha gostado de mim e que já não goste mais. Desistem porque descobrem que não sou perfeita. Com o tabu da falha revelado, passo a esquecimento. Vou descer para falarmos. Vou perfeita. Em frente ao espelho da casa de banho, abro o estojo de maquilhagem. Tiro a caixa do corretor, o tubo da base, o rímel e o batom. Não é um estojo de maquilhagem. Na realidade, é um estojo escolar de plástico maleável branco e com malmequeres. O amarelo dos malmequeres não possui a luminosidade do sol. São malmequeres com a cor tímida da cevada.

Maquilho-me. Os meus olhos tornam-se despertos. Tenho a expressão disfarçada de quem acordou fresca depois de um sono profundo.

Desço. Encontro-a sentada no sofá a folhear um jornal. Tento manter uma calma que não sinto. Quando me vê, sorri e pergunta:

— A farra aqui é boa, não é?

Concordo com um sinal de cabeça.

— Vamos comer o mufete — decide, seguindo caminho até ao seu lugar na mesa.

Enquanto me sirvo da batata-doce e da mandioca cozidas, considero se devo aguardar que terminemos de comer para lhe entregar o papel. Decido não esperar.

Aproveito que Romena está concentrada a escolher o peixe para, com rapidez, colocar o papel junto ao seu prato.

Pelo canto do olho, Romena fita o papel. Larga o garfo que antes buscava o melhor peixe da travessa e agarra o papel. Abre-o. Com o queixo largo apoiado no polegar e preso com o indicador, arqueia as sobrancelhas e, com surpresa, exclama:

— Xé! Xé! Xé!

Com a boca semiaberta, testa franzida, os olhos arregalados e fixados na minha direção, Romena examina-me a expressão, questionando-me:

— O que queres tu com o general Zacarias Vindu?

Olhos nos olhos, Romena aguarda que, prontamente, lhe dê uma resposta.

Inclino-me na sua direção. Não existem razões para que eu sussurre. Só estamos as duas na sala, e o que vou proferir não é confidencial nem imoral. Faço-o porque a admiração demonstrada por Romena teve o condão de revelar que, para se falar do general Zacarias Vindu, talvez o melhor seja fazê-lo em segredo, ou, no mínimo, com absoluta discrição:

— Ele pode ajudar a encontrar a mãe.

— Como?

— Ainda não sei. A tia Isaltina deu-me esse papel — esclareço. — Pediu-me para o procurar.

Com o queixo entre as mãos, Romena começa agora a torcer-lhe a extremidade, tentando conter o seu espanto. Falha.

— A tua tia conhece-o de onde?

— Não sei. Não me deu grandes explicações. Disse que era uma pessoa importante e que me ia ajudar. O outro nome... Sabe quem é a Juliana Tijamba?

— Tem ainda calma. Estamos no general.

— Conhece-o?

— Muito bem. Ele vai estar no casamento.

A afirmação de Romena atira-me contra as costas da cadeira. Romena também se encosta para trás.

— Ele é padrinho da noiva.

— Sim, mas quem é o general? — insisto com Romena.

É agora a vez de Romena inclinar-se para a frente. Dobra-se com tamanha horizontalidade que fica a poucos centímetros de distância da minha cara. Fá-lo porque, apesar de só estarmos as duas na sala, o que vai contar é confidencial e imoral:

— Ele, o general, manda bué no país. Tem muito kumbu, dinheiro, sabes!?

— Não sabia — respondo.

— Dinheiro de armas. É o que se conta.

— Credo! Deve ser um homem perigoso.

— É um homem educado. Padrinho de muita gente.

— Mesmo assim, pode ser perigoso — insisto.

— É boa gente — assevera Romena com convicção —, sei bem que contam que, na mata, torturou e matou muita gente. Parece que embrulhava as botas com sacos de fuba. Não as queria sujas com sangue.

Ficamos as duas suspensas no silêncio, verificando quanto pesam os boatos na balança em que julgamos os outros.

— Histórias que contam — esclarece Romena, recuando. — Vamos falar com ele — acrescenta enquanto se senta.

Romena volta a pegar no papel:

— Juliana Tijamba... vou ter de investigar.

— A mãe estava com ela quando me deixou na casa dos meus avós.

— Onde foi isso?

— No Huambo.

— Que mais?

— Também era combatente. Pequena e franzina.

— Mulata assim como tu? — tenta Romena clarificar a gradação do negro.

— Negra — respondo.

— Vamos encontrar a tua mãe — promete, enquanto me agarra na mão.

Depois, como se uma urgência se tivesse dela apoderado, larga-me a mão. Pega no garfo e espeta-o no peixe, alavancando--o até ao meu prato.

— Come um cacusso da Domingas.

Não ouso contradizê-la.

Romena não se limita a comer o seu cacusso. Não deixa sobrar nada. Com a faca, parte-lhe a espinha central. A cabeça fica separada do corpo. Quando a cabeça é pele, cartilagem e espinhas, Romena pega-lhe com as mãos. Como um pequeno aspirador, suga o que sobeja da cabeça do cacusso.

O olho esbugalhado do peixe, aquele do lado de cá, olha--me. O meu olho segue-o. É um olho reluzente que olha para um olho fixo. Sinto-me hipnotizada.

Os seus lábios grossos e lineares movimentam-se erraticamente, expelindo "nhac-nhacs" e "choup-choups". Na toada que tanto me irrita, vem também, intercalado, o "ushushush" do sumo da fanta laranja a subir pela palhinha.

Não termina por aqui a autópsia gustativa de Romena. Uma unha comprida e azul, que bem podia ser o braço de uma minirretroescavadora, penetra a cápsula ocular do peixe, tira de lá o olho e leva-o à boca de Romena.

Chupa o olho até que toda a sua geleia lhe é retirada, para depois o cuspir a seco no prato. O olho esbugalhado, aquele que era do lado de cá, gira como uma pérola de plástico. É um olho baço e quieto como o meu outro olho. Aquele olho, o do lado de lá.

Katila entra na sala e interrompe o meu espanto enojado. Está com fome, e a mãe prepara-lhe o prato: arranja-lhe o peixe, derrama-lhe em cima o molho, corta em pedacinhos muito pequeninhos a batata-doce e a mandioca. Não vá a filha engasgar-se. Cobre com um véu branco de açúcar o feijão de óleo de palma. Manda, cuida e mima, assim é Romena.

— Vê só, filha, dispararam contra a prima da Josefa.

— Quando foi isso?

— Ontem. Uns militares.

— Mas pobre não merece respeito? A guerra já não acabou? — protesta Katila, falando com a boca cheia.

— Morreu ali mesmo.

— A que propósito se mata assim uma pessoa?

— Ela é zungueira. Acho que não quis dar as garrafas de água de graça.

— Dão um balázio assim à toa numa mulher. É queixar! — A revolta de Katila quer que se faça justiça.

— A tua irmã não vem comer?

— Sei lá. Deixei-a a dormir. Assim, vamos ficar sem empregadas por quanto tempo?

— Vão-se revezar. Um dia vem a Josefa; no outro, a Mariela.

Quando era peixe, o avô António também arranjava "o peixinho para a netinha". É uma bonita memória, mas é uma memória inútil ao momento. Não a quero tornar cinza, mas não a quero presente. Há memórias que atrapalham. São aquelas que não procuramos e esperamos que a nós não nos busquem. Existem outras que não atrapalham. Queremo-las recorrentes. Voltamos a elas vezes e vezes sem conta. Essa memória atrapalha-me. Parti da Malveira sem lhe dar um adeus.

A esforço, almoço. Romena recolhe os pratos e leva-os para a cozinha.

Katila conta-me que "está farta desta merda", quer sair de Luanda e ir estudar para fora. Só está à espera da bolsa de estudo que o primo Nino ficou de organizar. Nádia também vai. Querem as duas ir para a África do Sul. Assim não ficam muito longe da mãe. O sonho de Katila é estudar psicologia, mas vai tirar engenharia porque "os doidos daqui não têm solução".

Da cozinha, Romena traz uma fruteira. É uma fruteira de vidro da cor do mar profundo do *The Undersea World of Jacques Cousteau*. Eu e o avô não perdíamos um único episódio da vida aquática. Pequenina, sentava-me junto a ele. Se eu me assustasse com algum "monstro" aquático, tapava os olhos. Em solidariedade, o avô António fingia tapar os seus.

Dentro da fruteira, cinco peixes-balão. Na verdade, são cinco anonas. Romena apalpa-as. Procura uma que esteja madura. Encontra-a. Tira-a do mar. Enfia ambos os polegares numa das suas extremidades. A anona divide-se em duas partes quase simétricas. O seu interior assemelha-se a um par de pulmões com gomos.

Cada gomo tem uma pupila negra e oval. Romena leva um gomo à boca. Sorve-o demoradamente. Cospe o caroço. Este aterra no prato e gira.

Sinto na boca o hálito a álcool. Abandonou o canto do estômago onde estava arrumado e trepa-me agora pelo esófago. Tento que recue e volte para de onde veio. Levanto-me. Corro para a casa de banho e vomito "pelos olhos".

Purgo a ansiedade e a confusão mental. Estas, ao passarem-me pela boca, deixam o gosto picante e amargo da bílis agarrado à minha língua.

O mais sensato seria ficar em casa a descansar, como sugere Romena. Recuso ficar. Quero conhecer o general.

Apesar de franzir o nariz, Romena aceita a minha resposta. Com autoridade, apoia ambas as mãos na mesa e, enquanto se leva, faz o ponto da situação:

— São dezasseis e trinta. Vou fazer-te um chá de camomila.

— Obrigada — respondo.

— Katila, quero-vos prontas daqui a uma hora. Temos de apanhar a Celeste.

— Sim, chefe.

Quando chegamos à Maianga, Celeste já está à porta do prédio à nossa espera. Enquanto Katila sai para Celeste entrar, Nádia explica-me que aquele prédio, que se parece com um livro, é um dos mais conhecidos em Luanda.

— Estás a ver ali no meio — indica Nádia, apontando com o dedo para umas janelas.

— Sim, estou — respondo.

— É a lombada — e continua —; o edifício da direita é a capa; o da esquerda, a contracapa.

Com clareza, vejo à minha frente um gigante livro. As fileiras das varandas fechadas assemelham-se a frases escritas.

— O prédio dá o nome à rua: rua do Prédio do Livro... — A explicação didática de Nádia continua: — Em Luanda, as ruas têm alcunhas, "nomes de casa". Rua do Jornal de Angola, a rua do Hotel Trópico... e assim.

Katila entra e senta-se ao meu lado, no banco de trás. O seu empurrão despropositado atira-me para um pequeno espaço. Nádia reclama com a irmã. De nada adianta. Katila não se mexe. Não quer amassar o seu vestido.

— É bom saber. Obrigada.

Sem piedade, Katila faz mais um avanço na minha direção:

— Esse teu sotaque, Vitória. Atualiza. Atualiza.

Sinto o comentário como se fosse uma mão abruptamente lançada à minha cara. Um lembrete áspero de que não pertenço ali. Não tenho o sotaque da terra.

— Arrasta um pouco a fala. Não se diz "saber", diz-se "saberi", entendeste? — continua Katila.

Espalha-se pelo jipe uma gargalhada geral.

Katila é arrogante, mas também é cómica.

— Tens de acrescentar uma vogal se termina com consoante.

— É bom "saberi".

# 10

Chegamos a um largo. No largo, existe uma igreja. Não é branca nem ornamentada. É feita de linhas retas que se alongam para cima. Linhas tão lineares que não parecem ser católicas. Procuro pela cruz. Não a encontro. A uma curta distância está uma torre estreita. É a torre do sino. No topo dela, a cruz negra. Subimos as escadas da igreja. Lembro-me da escadaria da fé do livro de Génesis. A escadaria posta na terra, por onde os anjos de Deus sobem e descem. A mãe é a escada. O meu princípio e o meu fim. A minha salvação. Num segundo ínfimo, sinto uma estranha paz. Os meus ossos ganham sopro, carne e sangue.

Três portas pesadas e de madeira dão acesso à igreja. Estão todas abertas, escolhemos entrar pela do meio. O *tempus futurus* é tudo o que virá. A nave é um ventre materno. Luminoso, neutro, amplo, mas acolhedor. A passadeira que vai desde a entrada até ao altar aparenta ser uma língua vermelha. Ao fundo, Ele na cruz. "Quantas vezes já o tirei de lá? Tirem-no de lá! Não é assim que deve ser recordado. Alguém tem, na sala de estar, retratos de funerais? De gente a sofrer? Tirem-no de lá", grito no fundo de mim. Ninguém me ouve. No teto, a proteger-lhe a cabeça, uma estrela dourada de doze pontas. Todos os santos estão mortos.

A igreja está cheia de gente e ventoinhas que fazem rodopiar as ondas de calor. As caras suadas e os sorrisos abertos são fotografados. Algumas mulheres têm na mão um abanico. Enquanto Romena decide onde nos iremos sentar, fazemos várias paragens. As saudações são morosas e repetidas. Nenhuma delas é ao "*generali*". Por fim, sentamo-nos a meio da igreja. De perto do altar, chega-nos uma voz lacónica. A todos pede silêncio. Estou calada, mas dentro de mim tagarelo sem que consiga parar. Katila faz estalos com a língua. É um ruído engraçado de desdém. Nádia dá-lhe uma ligeira cotovelada e pede-lhe para parar com os muxoxos. A margem nupcial inicia-se. Os presentes levantam-se. Os rostos ficam sérios. A noiva entra. Está iluminada. Sorri e chora. Não são as lágrimas grossas de sofrimento ou tristeza. São as lágrimas de felicidade. Lágrimas que dão vida ao olhar. É um tipo de lágrima que não envelhece. Verte, purifica e clareia. As lágrimas da tristeza e da dor queimam os olhos de quem as chora.

O branco imaculado do vestido da noiva realça a beleza da sua perfeita pele negra. A longitude simétrica das suas clavículas é tão saliente que me podia nelas pendurar e escalá-las. Para depois, como se fossem ninhos de andorinha, aninhar-me numa das suas reentrâncias. O buquê que leva é como ela: pequeno e delicado. Preso ao cabelo por um travessão, leva o longo véu que se arrasta pelo chão. O branco véu segue com devoção a sombra do pai. O orgulho deste contrasta com a sua diminuta altura. Romena cutuca-me. Aquele é o general.

Eu estava para casar. Já antes o disse. Dinis, o meu ex-noivo, é o irmão mais velho de Catarina, a minha melhor amiga e amante. A Catarina já estudava no internato quando eu para lá entrei. Foi o senhor seu pai, Alcobaça, que, a pedido do meu avô, pôs a cunha. Casar com o Dinis significaria ficarmos para sempre próximas.

O Dinis é um velho de jovem idade. Ainda antes dos trinta anos, já lhe faltava cabelo. A roupa e os sapatos que usa parecem herdados de algum tio falecido. Pelas observações do avô

António, nunca teve mais de dois pares de sapatos. Não é falta de dinheiro. Não se rala.

Fomos empurrados um para o outro. A nenhum de nós se conhecia relações amorosas passadas. Já estávamos licenciados e a trabalhar. O Dinis no escritório do pai, e eu na biblioteca. Não se entendia porque é que ainda estávamos solteiros. Éramos encalhados e, por isso, devíamos juntar os trapos. Os pais do Dinis queriam casar o filho mais velho, e o avô António achou que seria um bom casamento. Eu e o Dinis éramos duas barcas frágeis presas ao fundo do mar pela mesma âncora. Não largávamos a mão um do outro. Fazê-lo seria afundar. Não queríamos casar um com o outro, mas talvez fosse o certo a fazer. Forçaram o noivado. O Dinis é gay. Nunca tocámos no assunto. Não nos interessava. A data do casamento foi marcada para o início do verão, e os convites distribuídos. Saí de casa para ir a Lisboa buscar os sapatos para o casamento, não mais regressei.

O destino do casamento — que não foi o destino do meu com o Dinis —, como o diácono acaba de o pronunciar, na Igreja Sagrada Família em Luanda, é que os noivos se tornem numa só carne. "Que ninguém separe o que Deus uniu." Ecoam essas palavras por toda a igreja.

Por fim, trocam-se as alianças. Dá-se por consumada a união. Com entusiasmo, batem-se palmas. Lentamente, começamos a sair da igreja. Pergunto a Romena quando iremos falar com o general. Responde-me que aquele não é o momento.

Decido ir vê-lo mais de perto. Tento atravessar o corredor, mas as damas de honor bloqueiam-me a passagem. São como uma gigante viúva-negra à porta da igreja. De tão juntinhas que estão, é plausível afirmar que têm os vestidos negros cozidos uns aos outros. São vinte pernas estiradas que se movimentam nas pontinhas dos saltos-agulha. Ora vão para a direita, ora vão para a esquerda. Sempre coordenadas.

72

Volto para trás. A escadaria havia-se enchido de curiosos que apreciavam o frenesim do grande casamento. A noite aparece e só depois a lua. Os convidados são encaminhados para o pequeno e parco jardim junto à igreja.

Aventa-se uma pequena brisa, que faz baloiçar as folhas das palmeiras. Os holofotes da igreja trazem luminosidade àquela parte da cidade. Os registos fotográficos continuam sem parar. A revista *Caras* fotografa a alta sociedade mwangolé. Pedem a Romena e às filhas uma fotografia. Celeste e eu afastamo-nos. Com a minha câmara fotográfica, tiro-lhes uma fotografia e outra aos noivos.

"Copo-d'água" é, hoje em dia, a designação comummente usada para uma festa de casamento. No entanto, para se fazer justiça à magnificência da comemoração desse casamento, é imperativo fazer uso do substantivo correto. Sendo este o substantivo — nada comum — "boda".

Já passa das vinte e uma horas quando os convidados e patos se sentam nas mesas onde acontece a festa. "Pato" ou "pata" é alguém que, como eu, não está convidado para a festa, mas também não importa a formalidade de um convite. Não se recusa um pato que seja familiar ou tenha amizade com pelo menos um dos convidados.

As mesas estão cobertas com um tecido brilhante vermelho. Em cada um dos quatro cantos da mesa tinha sido dado um nó, onde foram cosidos grandes laços e presas rosas brancas.

Na nossa mesa, Celeste conta que, no voo de Joanesburgo, vieram os queijos, os enchidos, as flores e a maior parte da decoração para a festa.

A conversa alimenta a distração, mas não os estômagos, que se tornam impacientes. Assim o mostram os olhares ávidos orientados a norte, onde está o *buffet*. São olhos que lançam feixes de laser, acertando no repasto que os aguarda. Existe a ala das carnes frias e a das saladas. Mais adiante, surge a ala dos mariscos e a dos pratos quentes. Depois, há a ala das carnes grelhadas e a dos pratos tradicionais. Quase que me esqueço de mencionar a extensa mesa com sobremesas e bolos. Estamos sentadas perto dos noivos, porém num canto morto. Sentado do lado da noiva está o general e, ao seu lado, a esposa. Ela é a Vénus de Willendorf ou, no mínimo, uma versão inspirada. Os seus braços, seios, ventre e glúteos são volumosos, quais símbolos da beleza, fertilidade e prosperidade. É uma figura distante da barbie. A barbie é uma outra geografia num outro hemisfério.

O general faz uso da sua discrição visual para seguir o bambolear da anatomia divina e erótica que circula pelo espaço. Lê-se-lhe nos globos oculares e no jeito com que alisa o bigode com os dedos o desejo da luxúria. É macaco velho. Sabe como e quando ajustar o ângulo visual. Compensa cada olhar atrevido com um gesto ténue de carinho à esposa.

Na festa, são os únicos, excluindo os noivos, a quem já foi dado o que beber. Junto deles, um frapê com várias garrafas de — que se use aqui o nome em francês — *champagne*.

Atrás do general e a pouca distância estão dois homens que não riem e pouco se mexem. Parecem vigiar a festa. Inquiro-me sobre quem eles serão. Celeste parece ter escutado a minha curiosidade, ou, pelo menos, notou que os observava:

— Estás a olhar muito para os capangas do general. Cuidado que ainda te cortam a cabeça — brinca Celeste.

— São assustadores.

— Cuanhamas. Grandes, fortes e leais. Deus Pai me dê um homem assim.

Quando Celeste começa a rir, parece não conseguir parar. É como se tivesse dois fios invisíveis, presos atrás das orelhas, a puxarem-lhe os cantos da boca. Tem uma falha grande entre os dentes da frente, um espaço onde cabe um outro dente. São dentes que não se deixam intimidar. Estão sempre escancarados, mesmo quando Celeste não se ri.

Katila, que está sentada ao meu lado, faz troça:

— Não ias aguentar. Muita areia para o teu camião.

Os noivos são servidos, e o *buffet* é oficialmente aberto. São formigas gigantes em direção ao pote de açúcar. Outras tantas formigas dirigem-se ao bar. Atrás do balcão, bidões com um metro de altura estão carregados com bebidas afundadas em gelo. Come-se sem parar.

Os noivos abrem a pista de dança pouco depois da meia-noite, com os acordes de "Endless love", da Mariah Carey com o Luther Vandross. Segue-se "Unforgettable", de Nat King Cole, e "All you need is love", dos Beatles. O jovem casal continua a pavonear-se em perfeita sincronia de passos.

O ritmo fica nacional, e o volume da música sobe. De imediato, convidados começam a rodear os noivos.

— A farra começou! — entusiasma-se Romena, dando uma palma forte no ar. — Vamos embora — diz, não esperando por ninguém para ir para a pista dançar.

Nádia e Celeste seguem Romena. Katila deixa-se estar sentada. Pergunto-lhe se conhece o general e explico-lhe a razão pela qual o quero conhecer.

Num gesto imprevisto, Katila puxa-me pelo braço e levanta-me. Sigo-a. Vamos na direção da mesa do general. Quando nos aproximamos, fazemos um desvio e vamos até à outra ponta, onde foram acrescentadas mesas mais pequenas e à volta das quais estão sentadas várias mulheres. A esposa do general está lá, e é para lá que vamos. Katila troca algumas palavras com ela e aponta para Romena, a nortear a sua relação de sangue. A mulher sorri e dá-lhe dois beijos. Enquanto conversam, observo o general, que se esforça para manter um semblante tranquilo, tentando disfarçar que não espreita os glúteos firmes de Katila. Imagino-o a salivar e fico enojada.

Sou, por fim, apresentada ao clube das matronas. Os rostos estão transpirados, mas não podem por mim ser evitados.

Não os beijo. Encosto só a cara. Os beijos deviam ser desencorajados, sobretudo quando está calor. Emília, a esposa do general, pede que nos sentemos. Prontamente, duas cadeiras são disponibilizadas. A afetividade com que me recebe leva-me a crer que a minha história já foi partilhada. Emília pede que eu espere. Levanta-se e vai falar com o marido, que olha para mim sem qualquer expressão. Emília, quando regressa, entrega-me o cartão-de-visita do general e pede que lhe ligue durante a semana. Agradeço.

— Estamos cá para isso. Família é muito importante — assegura, com o apoio das restantes matronas que estão sentadas.

Tia Emília, "tia" porque as matronas são tias de toda a gente — é sinal de respeito e família alargada —, despede-se de nós. Vai cuidar de um pedido feito pelo general.

Estamos a regressar à nossa mesa quando a música deixa de tocar. Em simultâneo, os dois capangas do general batem duas fortes palmas. Só as crianças não se assustam e continuam nas suas brincadeiras.

O general levanta-se. Ajeita a rosa branca que tem na lapela do casaco. Para meu espanto, e acredito que para o de muita outra gente, começa a declamar o "Soneto do amor total", de Vinicius de Moraes.

Não preciso imaginar lágrimas no rosto do general, porque elas estão, verdadeiramente, lá. Comprovam a sua existência os guardanapos de papel que são atirados ao chão, após enxugarem-lhe os olhos. O general movimenta-se por entre os convidados, declamando com extrema emoção. Demais até. Chega ao ponto de, na última estrofe, colocar-se de joelhos em frente à esposa. Levantar-se requer alguma ginástica. Consegue fazê-lo sem aceitar a ajuda que os seus guarda-costas querem oferecer.

Dedica o seu momento apaixonado aos recém-casados e à sua belíssima esposa. É coberto por uma salva de palmas do seu público, que, de pé, pede um bis. Timidamente, o general recusa. Entre palmas, Celeste chama-lhe de fingido. Katila concorda. As horas seguintes são de festa rija. Festa apenas comparada às realizadas na Roma Antiga. Remate-se que excluímos desse casamento a existência de orgias e de triclínios. Nem as criancinhas se vão deitar. "Comeram a fruta, balaio dela ficou no chão...", toca alto nas colunas. As matronas, com as suas ancas firmes e oscilantes, vão ao centro da roda. Com um movimento rápido, fazem pumba e tocam na zona abdominal do seu par. Um passo para fora e outro para dentro. Dançam a rebita. As poucas mulheres que estavam sentadas decidem abandonar os sapatos e juntam-se à roda. Novos e velhos dançam. Calçados ou descalços, todos sorriem. Neles, a felicidade da família angolana. A roda gira, gira a roda. A sombra que a acompanha é iluminada pela caveira. Queima e mata. Clareia e dá vida.

# II

A certidão do Cartório Notarial da Comarca de Silva Porto — hoje conhecida por Kuito, capital da província do Bié —, emitida em 9 de fevereiro de 1943, atesta, com todos os seus sujeitos e predicados, que Elisa Valente Pacheco casou-se nessa data com António Queiroz da Fonseca. A união aconteceu no centro do mundo: 12.º 01'18,96"S / 17.º 27' 33,22"E — que é o mesmo que escrever no *axis mundi*, o ponto imóvel sobre o qual a Terra gira. Este é a porta de contacto entre todos os mundos e fica no centro do mapa de Angola para onde o dedo da avó Elisa apontou naquele dia em que fomos visitar a tia Isaltina.

"Se tu não vires, se tu não puseres o dedo, de maneira alguma acreditarás nas minhas palavras. Sendo assim, o que de seguida irei contar — mesmo que verdadeiro — será tomado como irracional, como história de gente pequena de intelecto", disse-me a avó.

A mãe de todas as mães e de todas as coisas pediu ao soba Grande, que pediu ao kimbanda, que descobrisse onde era o centro do mundo. Isto é, o lugar que une os reinos lá de cima com os daqui e os de lá de baixo. O kimbanda subiu ao morro mais alto, aquele que tem a forma de uma faca ou, na língua local, forma de omoko. No topo do morro, o kimbanda bateu, com toda a força, os pés na terra. Uma fenda gigante abriu-se. Da fenda, o kimbanda tirou duas palancas negras com chifres

78

de ouro e dois falcões com asas de diamante. Cada um deles foi enviado para um dos quatro cantos do mundo.

Por fim, o kimbanda atirou-se a si próprio para dentro da fenda. Foi em queda livre pela garganta da terra e chegou ao sítio para onde o dedo da avó Elisa apontava quando nos contou essa história: Kamacupa, na província do Bié. À sua espera, já estavam os dois falcões e, pouco depois, chegaram as palancas. É em Kamacupa que está o centro do mundo, o umbigo do mundo. Os meus avós casaram-se lá.

Sedas e rendas chegaram de Luanda e, com a ajuda da menina Noémia, costurou-se um vestido como prescrevia o preceito da época: manga comprida e justinho ao pescoço. Com o casamento — e nas palavras do povo —, o avô António avançava a raça.

António e Elisa não se demoraram. Passado menos de um ano, nasceu a primeira filha. Ao contrário das expectativas, a primogénita não puxou o bom e branco ventre da progenitora. Rosa nasceu com pele escura. Puxou a cor da linhagem do pai. O sol também foi culpabilizado. Tinha aquecido demais a barriga de grávida da avó Elisa, escurecendo a pele do feto.

Nas duas gestações seguintes, a avó Elisa não mais deu caminhadas pelas margens do rio Mêmbia. Resguardou-se do sol, ficando a maior parte dos dias em casa. A sabedoria popular comprovou-se. A tia Francisca e a tia Isaltina nasceram claras.

Não é que essa história e tantas outras memórias da família me tenham sido alguma vez relatadas. Durante a minha infância, ia arquivando as conversas entre a avó e as tias. Fingia-me distraída para estar atenta ao que ouvia.

O que acontece é que a memória familiar não é apenas de quem a viveu. Quem nasce a seguir carrega a biografia de quem chegou primeiro. Eu existo naquele passado, e a memória pertence-me. A Angola que conheço é a evocação das lembranças que não foram extintas pelo tempo. É a utopia da felicidade. É dessa Angola que a minha família tem saudades. Recorrentemente, voltam a elas para matarem a fome da urgência de existência.

Retornemos ao vestido de casamento da avó Elisa. O mesmo foi empacotado, numa das arcas de metal cinzentas, e enviado para Portugal com os restantes pecúlios da família.

Passados sessenta anos, a avó Elisa estendeu-o sobre a sua cama para que dele se aproveitasse uma parte da renda, que, como é óbvio, não havia sobrevivido à passagem do tempo. Esfarelava-se assim que nela se tocava.

O impossível parecia estar à vista: aquele era um vestido que se consideraria demasiado grande para o tamanho da avó Elisa.

Percebendo logo a diferença a avó começou, nervosamente, a revirar o vestido à procura de pistas que a ajudassem a compreender o fenómeno. Não encontrou. Pediu então à tia Francisca que pendurasse o vestido na porta do guarda-fatos enquanto ia buscar o álbum.

A fotografia do dia do casamento desambiguou o mistério. A noiva da fotografia, Elisa, minha avó, estava com um vestido comprido que lhe chegava aos tornozelos. Desconcertadas, nós as três pensámos o mesmo: Elisa tinha minguado. Ninguém se atreveu sequer a sussurrar o pensamento. Muito menos, vozeirar o choque ocular causado pela luz, logo após passarmos muito tempo na escuridão. Limitámo-nos a trocar olhares.

A que se deveu tal transmutação? Só a mutante poderia, na primeira pessoa do singular e — acrescente-se — no feminino, explanar o que aconteceu:

— Encarnou-se-me no corpo a corcunda de quanto a minha alma se dobrou. O que sinto, penso e quero nunca teve voz. Aterraram-se os ossos com o peso mais que máximo que pude aguentar. Sou alma muda e anã — disse o olho cego da avó antes de, à nossa frente, ganhar brilho.

Sem esperarmos, a avó Elisa, de uma assentada, arrancou o vestido do cabide e amachucou-o, abrindo-lhe feridas. Logo de seguida, saiu do quarto agitada. Nós seguimo-la. No quintal, deitou-lhe fogo. Do vestido, nem rasto branco; só restou fumo negro.

— Queres mesmo casar? — perguntou-me a avó, enquanto com a pá deitava terra sobre as cinzas do vestido.

— Nunca quis. Quero encontrar a minha mãe.

— Estamos livres — respondeu-me.

A primavera do ano de 2003 fez florir as amendoeiras ainda antes do Carnaval. As aparências, como convém, continuaram a ser mantidas. Os preparativos para o casamento passaram a ser o pretexto para organizarmos a minha viagem para Angola.

Quando o avô António saía de casa, íamos vasculhar o seu escritório à procura de informação que me pudesse ajudar a encontrar a mãe. Na ausência de toda e qualquer evidência, não mais nos restou que recorrer à tia Isaltina:

*Isaltina Vihemba Queiroz da Fonseca. Tininha para quem comigo tem costume de intimidade.*

*Nascida a 6 de setembro de 1949. Na barriga, já era problema. Padeço de desarranjo mental que se agravou com os traumas da estúpida guerra. Ou então sou, meramente, desajustada e não agradável. Falo sem filtros e com sangue na guelra. António Queiroz da Fonseca, meu pai, internou-me. Estou na residência da clínica há mais de quinze anos. Tenho comida, cama, roupa lavada e cigarros. Sou livre aqui. Não o era na Malveira.*

*Chegaram as três logo depois do almoço. Eu tomava o meu café. É coisa rara estarmos as quatro juntas. Trouxeram-me um volume de SG filtro, doces e dinheiro. Mantenho-me calada. Aguardo que me contem o que as traz aqui. Talvez o velho tenha morrido.*

*A mãe dá-me sempre tanta pena. Entrega-me as suas mãos. As mãos que choram as lágrimas caladas. Sempre que aquelas mãos trémulas e cheias de cacimba abotoam as minhas, oiço a Lourdes Van-Dúnem a cantar* "Talenu ngó! O kituxi ki ngabange? Talenu ngó! Maka mami ma jingongo!" [*Vede só! Que pecado cometi? Vede só! As minhas palavras de dor!*].

*As mãos da Francisca tocam sempre Creedence Clearwater Revival. Com frequência, "Yesterday and days before, sun is cold and rain is hard, I know been that way for all my time, 'til forever, on it goes, through the circle, fast and slow, I know it can't stop, I wonder...".*

*Caladas são as mãos de Vitória. Letras, palavras soltas que procuram a sua poesia.*

*A dor sempre encontra uma forma de se fazer escutar.*

*Sem rodeios, Vitória informa-me:*

— *Vou para Angola procurar a mãe.*

— *A Rosa, minha irmã?*

— *Sim.*

— *Então e o casamento? — indago, estupidificada.*

— *Não vou casar — anunciou a minha sobrinha.*

*Olho para a mãe e para a Francisca. Sem palavras, confirmaram a novidade.*

— *Estão a ganhar juízo naquela casa. O que querem de mim?*

— *A tia tem boa memória. Conte tudo o que se recorda e possa ajudar-me a encontrá-la.*

— *Isso é verdade... Não esqueço nada.*

— *Tia, por isso estamos aqui.*

*Naquela tarde, contei com fiel memória tudo o que me recordava da Rosa. Fizemos um acordo que só a nós as quatro diz respeito. Nem Deus nos conseguiu espiar.*

# 12

Domingo.

Luanda ainda não acordou. Recolheu-se no sossego. É um animal exausto que decidiu prorrogar o seu despertar. Todos têm direito à cidade, mas massacram-na com a sobrecarga do peso de tantos corpos. De segunda a sábado, os bairros das elites e os musseques levam os seus excessos ao centro histórico. Luanda já pouco aguenta.

Só domingo é dia de descanso. As estradas, as ruas, as calçadas, os largos e as praças ficam vazios e recuperam. Até os prédios se parecem endireitar. Domingo é o dia da preguiça. Não se é obrigado a nada.

O sol não se esforça para romper as nuvens. Aparece e desaparece. Sentindo a calma morna do sol, Luanda começa a despertar. Espreguiça os ossos e os pensamentos. Não anseia pôr os pés fora da cama.

Não é assim na Ilha do Cabo. A vida da praia segue junto e sem preguiça. Uns quantos miúdos treinam bassulas. Naquela arte marcial, brincam todos de adversários. As pernas fazem kapangas e provocam kibwas. Com o seu dikombo bem ajustado, mestre Kabetula está sentado na cadeira de plástico vermelha. Kabetula já tem as pernas cansadas. Mesmo assim, não desiste de orientar os putos na luta. Gesticula com vigor enquanto dá as dicas. Outros putos estão no mar. Andam de madeira. O mar encapela de felicidade. Os miúdos imaginam-se no topo de ondas tão altas que, quando rebentam, chegam à estrada de asfalto.

Mestre Kabetula sente-se inquieto. Havia acordado de madrugada com um zumbido polifónico dentro do ouvido esquerdo. Já não sonhava, mas, sabe-se lá como e com o direito de quem, aquele ruído ainda não o tinha deixado. Sonhou que via Luanda lá de cima. No alto do Morro da Cruz, um mpungi gigante de marfim equilibrava-se na sua ponta. No Morro da Fortaleza, outro mpungi igual. Da terra chegou um sopro grave que subiu pelas pontas maiores dos mpungis. Este alcançou as nuvens, e o céu palpitou em resposta. O barulho feito pelo céu espalhou-se por onde lhe levou a vontade. Depois juntaram-se marimbas a tocar na Corimba e mukupelas na Samba.

Por culpa das bitacaias que lhe atacam os pés enterrados na areia, Kabetula distrai-se do zumbido. Está com muita comichão. Coça-se sem parar. Volta ao sonho para o tentar decifrar. Também quer compreender o muito de peixe que viu no rio seco. Peixe sem barbatanas. Peixe tonto.

A jusante e a montante do rio, os peixes estavam, cada um deles, apoiados num só pé. Eram pés grandes de pessoas. Pés todos diferentes. Sem saberem para que lado estava o mar, os peixes faziam reviengas. Não havia água, e sem ela não há corrente. No sonho, Kabetula também tinha virado peixe com um pé. Notou-se a si, como tal. Um peixe de barriga inchada que flutuava no ar.

O sol está a pique. Kabetula recolhe-se na sombra para ouvir as notícias no seu rádio.

Na cozinha, Romena também liga o pequeno rádio. Está inquieta como Kabetula. A boda de casamento tinha durado até de manhã. Quando chegaram a casa, decidiu cochilar no sofá. Foi um erro. Dormir na luz do dia sempre lhe deu pesadelos. Sonhou com aquelas duas: Josefa e Mariela.

Mariela também sonhou. Dormiu mal, tem mais uma em casa de Romena a sujar. É mais roupa para lavar e passar. É mais trabalho.

Ouve a rádio e fala em ás:*

*Me dificultam as palavras que o moço da rádio diz. Mesmo atenta, não entendo tudo. Está quase na hora de dar as notícias. Quero ouvir falar da paz no país. Quero a paz no musseque. Aqui a luta continua. Não parou. É luta contra a barriga vazia, contra o mosquito, o lixo, a insegurança e a morte. A chuva. Temos também de lutar contra ela. Estraga tudo e nos mata se não houver cuidado. O cartão que forra o teto estragou de novo. Caiu sozinho com o peso da água da chuva. Tivemos sorte. Esperança estava em casa. Não deixou a chuva entrar pela porta. Correu com ela com o balde e a vassoura.*

*Olho à minha volta. Isto não se pode chamar de casa. Aqui não tem água nem luz. Casa é a de dona Romena, aqui é um muquifo. A mãe Josefa não gosta que se diga isso. Não gosta da verdade. Fica irritada e reclama que trabalhou muito para fazer a casa dela com blocos. Podia ser pior. Podia ser uma casa de chapa.*

*Agora com a paz sonham com casa nova, com escola, com comida e bebida. Meu sonho é Esperança sair do musseque. Não quero ela burra, de barriga e a levar surra.*

*Hoje de manhã fomos ao funeral da Quininha. O pai dos filhos de Quininha também apareceu. Quer ficar com a casa. Ele se reuniu com a mãe Josefa e as outras tias para discutirem a situação. Estou feliz. Não foram no chacho daquele malaiko de ficar com a casa para tomar conta das crianças. Lhe estigaram bué. Lhe perguntaram assim mesmo na cara como um preguiçoso, liambeiro como ele ia cuidar dos ndengues. Não bumba nem nunca bumbou. Vamos nós tomar conta.*

*As tias falaram outra vez na mãe que eu ainda não lhe dei um neto. Dizem que estou a ficar velha para ter um filho. A mãe lhes disse que eu não tenho homem. Me arranjam um, lhe garantiram.*

* Fala sozinha.

"Pra quê homem?", perguntei na mãe Josefa. Vai só me fazer filho e depois me deixar. A vida no musseque não é romântica. Aqui homem é pior que cão. Tanto come do prato como come do chão. Olha minha prima Quintinha, na zunga todo o dia, todo o dia. O tal de homem ia e voltava. Voltava para buscar dinheiro, amassar-lhe e depois ir embora. A vida aqui é sofrimento diário. Tem dias mesmo que nem sei como vou trabalhar direita. Não se dorme aqui. Tem sempre um bilo entre marido e mulher, música alta do vizinho, choro de criança pequena. Se não é isso, é a cabeça que através das preocupações não me deixa dormir. Depois na casa da dona Romena só me apetece cubar. Sono! Fico assim com o corpo mole quase que desmaio. Dona Romena ralha e me chama de mangonheira. Não gosto. Me ofende.

Esperança, minha irmã, tem quinze anos, mas já tem corpo de mulher. Isso me preocupa. Não quero ela com bebé. Perguntei na Katila como se fazia para não se engravidar. Eu gosto da Katila. Ajuda-me a abrir a mente, a ver outras coisas na vida. Todos os meses me dá uma caixa com comprimidos. Ponho um comprimido desfeito todos os dias no Nido da Esperança. Katila aconselha que lhe dê camisinhas para proteger do bicho. Deixo, assim, as camisinhas entre as coisas dela. Não quero que pense que estou a incentivar.

A mãe Josefa diz que Esperança é bonita. Pode arranjar um papoite. Ele pode lhe tirar do musseque. Não lhe admito. Esperança, não deixo que ande com roupa justa. Vai parecer que anda na vida. Assim mesmo como é já chama a atenção.

Katila me incentiva a ler, a ser informada. Não é só pintar os lábios. Katila diz que primeiro tenho de me organizar, só depois arranjar marido e ter filhos. É o que digo na Esperança. Acho que ela me ouve. Vai na escola, vai na igreja, não vai na farra com essas miúdas daqui. Diz que ainda só deu beijo na boca. Não acredito.

Ela é boa de cabeça. Deus quiser final do ano, Esperança vai trabalhar na padaria de dona Romena. Esperança sabe fazer contas e fala umas palavras que não entendo bem. Se sobra jornal de limpar os vidros, peço na dona Romena para levar para casa. Dou a Esperança para ler. Há vezes que lê, outras que inventa. Põe o meu nome nas letras do jornal. Minha prima Quintinha vivia ali em frente. Ia para a zunga cedo. Seis horas a andar a pé para comprar qualquer coisa que desse para dar de comer aos candengues. Só descansava no domingo. Quando não conseguia pitéu, mandava as crianças cá a casa. Nunca as deixamos chorar com fome. Fazer mais o quê então. Era só mesmo ela. Sem ninguém para lhe ajudar.

Mesmo assim, tem vezes que nem já funje enche a nossa barriga. Dona Romena nos dá de comer, mas meu almoço levo sempre para Esperança. Divido a refeição da mãe com ela.

Por isso me revolta como tratam o musseque. Isto não é lixeira feita de gente. Nos ignoram, nos gozam na cara porque falamos mal, cheiramos mal, vivemos mal. Já não choro. Chorava antes, no antigamente.

A semana passada, estávamos a regressar no Sambizanga. Ia mesmo fatigada. Cansada da vida. Até o cabelo me doía. Não aguentava mais o sofrimento, o cheiro a hábia, a música alta no candongueiro, os solavancos, queria só fugir dali. Uma dessas madames com postiço, sentada no fresco do seu carro grande, quase que batia no candongueiro.

Abriu o vidro e, sem razão — reparei que se distraiu a comprar as pipocas no moço —, começou a disparatar com o taxista. Antes de fechar o vidro, nos chamou de macacos. Lhe li bem nos lábios: "Seus macacos".

Pus o braço de fora e lhe mostrei o meu dedo do meio. Bem firme na cara dela. A madame precisou de gancho para conseguir fechar a boca. No táxi, todos rimos. Virei estrela de novela na volta. Me bateram muitas palmas. O cobrador fez esquebra no preço da volta.

*Fiquei feliz. Só a mãe Josefa não gostou da minha "falta de respeito" à matumba do carro grande.*

*Gosto do candongueiro. Ele fura a dificuldade, não quer saber. Diz mesmo nos outros: "sai da frente", "vou passar", "vou vencer", "não me travam" e "não me encostam". Ali no trânsito, a luta é de igual para igual. Estamos lá todos na mesma corrida, na mesma necessidade, na mesma vontade, na mesma via. Ali não interessa se tens dinheiro e carro grande. Vamos lado a lado.*

*Cada qual tem de abrir o seu próprio trilho. Ninguém facilita ninguém.*

*O taxista não facilita. Não espera lhe darem prioridade. Dá medo, mas eu gosto disso. Tem um motorista que lhe chamamos de Superman. Ele voa. Passamos e ficam todos atrás a buzinar. Tem olho aberto. Vai sem medo. Tem de ir na agressividade, na sobrevivência. A maka é quando aparece o polícia.*

*Superman tem mesmo de parar.*

O noticiário começa. A voz masculina do locutor corre pela cidade. Leva notícias importantes. Informa quem lhe toma atenção sobre o conclave, em Luanda. "São duzentos e cinquenta delegados que se juntam para a eleição do novo presidente do partido. Unita mais forte para uma Angola de todos", reporta o jornalista.

Kabetula está com o rádio a pilhas sintonizado na mesma estação. Ele, que viu muita coisa e escutou muita promessa, acredita que o melhor é aguardar sem nada esperar. Os miúdos a brincar na praia são o suficiente para o fazer feliz. Gosta de ver o sol a criar-lhes reflexos na pele. Essa pele com cor ou sem ela que é razão de ódio e vingança entre manos da mesma terra. "Haka! Preto com branco não dá castanho. Misturem então as cores", brincava quando as conversas sobre se mulato é negro ou branco aqueciam.

Pão e paz é o que Kabetula quer para o país. Reclama com o locutor da rádio e com a política. Está cansado! Os espíritos também o estão, considera Kabetula.

Um exemplo: há duas manhãs, choveu em Luanda sem parar. Nas poças de chuva onde os moleques chapinhavam os pés descalços, viu ele próprio, mestre Kabetula, maus espíritos refletidos. Duvidou primeiro, mas depois "se acreditou". Fez o sinal da cruz no peito, beijou os dedos e pediu união. Romena também está farta da guerra. Todos os angolanos exclamam: "Esta merda que tenha mesmo acabado!". O mestre ainda acrescenta: "Até o chão está cansado". Alguém ainda lembra o poeta Agostinho Neto: "teus filhos/ com fome/ com sede/ com vergonha de te chamarmos Mãe".

As costas de Kabetula acusam o cansaço da luta nacional. As costas de Romena, a noite de saltos altos. Romena decide sentar-se. Quer comer. Vasculha as caixas com os restos de comida que trouxeram da festa. Abre uma delas. São fatias de bolo de banana. O que lhe apetece é comida salgada. Continua a busca, abrindo caixa a caixa. Podia ir à despensa e abrir uma lata de atum ou outro enlatado, mas "nem pensar", recusa-se. Enjoou os enlatados nos anos de guerra.

Havia racionamento. Os bens essenciais a que o cartão amarelo dava direito não matavam a fome a ninguém. A sorte era o falecido Guigui, seu esposo e pai de suas filhas. Como chefe da Egrosbal, tinha acesso a arroz, farinha, azeite e outros bens essenciais. Mesmo assim, bastava um problema de importação para ficarem meses a viver à base de chouriço em lata e pimentos de frasco da Bulgária. Sabia-se uma privilegiada. Nunca para a cama tinha ido com fome e nunca da cama tinha saído com fome. Guigui era em tudo insubstituível.

O noticiário acaba. Naquele domingo, pouco ou nada mais de relevante acontece na cidade. Ela descansa.

O entardecer traz consigo a nostalgia. Emoções contraditórias tomam conta de Luanda. Anseia pela segunda-feira e pela agitação nas suas ruas.

Mariela, Josefa e Esperança vão cedo dormir. Antes de se deitarem, rezam. Pedem a Deus uma semana sem morte e sem desgraça, com muita bênção.

# 13

Na manhã seguinte, sou a primeira a acordar. Tomo o mata-
-bicho com Romena e as filhas. Logo de seguida, pego no cartão do general e aguardo que sejam nove horas para lhe ligar
para o escritório. Testo várias vezes se a linha e o número estão a funcionar.

Por quatro dias, fico agarrada ao telefone. Ninguém atende.
Só me levanto para diminuir a dormência dos pés, ir à casa de
banho e comer. Das nove às dezoito horas, não faço outra coisa.
A rede telefónica nacional nem sempre funciona, e, quando
consigo ligar, o número ou está ocupado ou ninguém atende.
Deixo vários recados no atendedor de chamadas. Decido que
no dia seguinte passarei pelo escritório do general. Terei de
arranjar uma boleia. É uma cidade sem táxis.

Também tenho ligado para a tia Francisca. Não falamos. Dou-
-lhe três toques. Significa que está tudo bem. Hoje, quinta-feira,
ligou-me de volta. Foi uma conversa de um único minuto. Parti-
lhámos mais de cento e trinta palavras. A maioria delas perde-se
no eco da péssima ligação. A chamada cai, e o telefone volta a tocar.

— Boa tarde, falo com a senhora Vitória?

A voz masculina e portuguesa assusta-me. Faço um silêncio curto e pergunto quem fala.

— Zé Maria, assistente do doutor general Zacarias Vindu.

— Boa tarde, desculpe. Sou a Vitória.

— O general quer recebê-la agora. Pode vir cá ter?

— Sim. Onde estão exatamente?

— Na marginal. Prédio ao lado da TAAG. Estão a arranjar a entrada. Segundo andar.

Apanho a fotografia da mãe e guardo-a na carteira. A Romena, deixo-lhe um bilhete escrito para que saiba onde vou. Saio porta fora com a velocidade de uma flecha, ou quase. Os portões e os cadeados que tenho de abrir abrandam-me a sorte. Enervo-me.

Ao descer as escadas do prédio, decido pedir ao senhor Timóteo que me acompanhe até à marginal. Timóteo não está. Vou sozinha.

Encontro o prédio e subo. Nas escadas, estão os dois mesmos guarda-costas que estavam no casamento. Barram-me a passagem. Pedem que me identifique e aguarde. Um deles entra no escritório, fecha a porta atrás de si. A porta blindada volta a abrir-se passados alguns segundos. Aparece Zé Maria.

Não consigo disfarçar a minha surpresa ao ver que o assistente do general é um beto com corte de cabelo à foda-se.

As janelas da sala vão do teto ao chão e são enquadradas por pesados e ornamentados cortinados beges. Próximo de uma delas, um homem franzino está de cócoras sentado no chão. Tem os cotovelos apoiados nos joelhos e as mãos na cabeça. A curvatura das suas costas é a linha que contorna a barriga do sol. A sala tem um brilho iridescente que me encandeia. Demoro alguns segundos a entender que não olho para carne viva. O homem franzino é igual à estatueta que o avô António tem em cima da sua secretária. Esta para que olho é do meu tamanho.

As paredes estão forradas com quadros. Espalhadas por toda a sala, colunas de madeira talhada servem de suporte a estatuetas de gesso que poderiam ter sido tiradas de um museu de arte antiga europeia. São corpos nus, musculados, com pénis reduzidos, e ainda vários bustos com fisionomias consideradas clássicas.

Do lado oposto ao grande sofá verde aveludado, uma consola comprida. Nela, fotografias emolduradas do general em eventos sociais e políticos. A consola é a vitrine que exibe o catálogo de sucessos do general. Do fundo do corredor, chegam vozes e gargalhadas. Zé Maria, que antes fazia conversa de ocasião, apressa-se a ir em direção ao barulho. A curiosidade faz com que eu o siga. Sem que ele note, espreito. Para melhor se entender, imagine-se a Ilha dos Amores criada pela deusa Cípria. O fumo embaça a divisão onde os quatro homens, de gravata desfeita e caída sobre o peito, estão sentados à volta de uma mesa. Os cinzeiros estão cheios e as garrafas vazias. Têm os casacos dos fatos pendurados nas costas das cadeiras. Podem ser empresários ou políticos. Não sei bem o que são. O curioso é que não me cruzaria com eles nas ruas por onde ando. Certamente têm motoristas e assistentes. Na sala também estão mulheres, todas com as mamas ao léu. São ninfas de gestos esvoaçantes como o bater das asas de Hedonê, a deusa grega da luxúria. O poeta já o tinha escrito "na formosa ilha alegre e deleitosa", e, se não for afronta da minha parte, que também se registe "na formosa marginal de Luanda, alegre e deleitosa".

— Não lhe pedi para ficar na sala? Que raio veio fazer atrás de mim? — esbraveja Zé Maria quando me vê a espreitar por cima do seu ombro.

Rapidamente, bloqueia-me a visão e bate com a porta.

— Desculpe, não foi minha intenção... — minto e baixo a cabeça, tentando mostrar algum arrependimento.

— Vá! A culpa também não é sua. Vamos evitar arranjar sarilhos para os dois — sugere Zé Maria, afastando nervosamente a franja que lhe teima em tapar um dos olhos.

— Tem razão — respondo.

— Por favor, não saia da sala.

— Eu espero.

— Vou ver se o general a pode receber. Sugiro que não lhe conte nada.

— Não se preocupe.

Quase não tenho tempo para sentar-me. Zé Maria vem buscar-me de imediato. Encaminha-me para o extremo oposto do corredor da sala da Ilha dos Amores. Aí chegados, abre uma porta e entramos num pequeno hall onde está uma secretária com um telefone e alguns papéis. O corredor continua por mais uns três metros. Continuamos a andar e paramos em frente à porta que fica no final deste.

Com o punho fechado, Zé Maria dá duas pancadas e depois abre-a ligeiramente. Espreita. Dessa vez eu não me atrevo a olhar. Fico quieta. Por fim, a porta abre-se completamente. Zé Maria dá-me passagem e, com a mão, indica que posso entrar. Avanço. Nas costas, sinto o sopro da porta a fechar-se. Não preciso olhar para trás para saber que ele não entrou.

De modo indecoroso, o perfume do general faz-se presente em toda a sala. As suas notas amadeiradas e orientais colam-se à minha pele e às minhas narinas. É um aroma que me enclausura o entendimento. Não posso dele escapar.

Pendurada na parede e acima da cabeça do general, a fotografia do presidente da República. Ao lado da sua secretária, a bandeira de Angola e a do partido. O general ainda não olhou para mim, ao contrário do presidente, que não deixa de olhar. Assina documentos, que vai colocando num monte de papéis do seu lado esquerdo.

— Desculpe pelo incómodo — digo, interrompendo-lhe a atividade.

Decide-se, por fim, a tirar o nariz dos papéis. Como se nada fosse, o general abre um sorriso caloroso e saúda-me com emoção.

Principia-se uma conversa de circunstância. A tensão por

mim sentida não permite que guarde dela memória. Confirmo mesmo que não o consigo ouvir.

Não querendo perder mais tempo, precipito-me e corto-lhe a prosa:

— Já sabe o que faço aqui. Acha que me pode ajudar a encontrá-la? — pergunto enquanto retiro a fotografia da carteira para a mostrar ao general.

— A minha esposa falou-me sobre o seu caso e pediu-me que a recebesse — responde o general com um tom de voz seco e formal.

Sou rápida a entender o meu erro. Arguta, oriento a marcha e volto atrás:

— Que falta de educação a minha! São os nervos. Como está a tia Emília?

— A cuidar dos netos. Dão trabalho.

— O seu recital, no casamento, foi perfeito — elogio-o.

— Oh! Por favor, não diga isso que fico envergonhado.

— O general é um homem de grandes sensibilidades.

— Gostou, foi?

— Eu adoro poesia — acrescento, guardando a fotografia da mãe na carteira.

— Então venha cá.

O general levanta-se e dirige-se à estante, onde estão vários livros. É uma estante feita à medida do seu corpo. As prateleiras começam com precisão acima da sua barriga e terminam uns cinquenta centímetros acima da sua cabeça. Desta forma, estica o corpo ao mínimo e nunca se tem de baixar. Muito menos colocar-se de joelhos. À direita e à esquerda, em alinhamento semelhante, estão prateleiras verticais. Com o seu dedo do meio, o general desenha uma linha reta invisível nas lombadas dos livros. O dedo vai parando para ler alguns dos títulos. Continua a roçar e a parar até encontrar o que procura.

— A Emília disse-me que é bibliotecária...

— Sou, sim — respondo, surpresa por saber tal informação.

— E também gosta de poesia?

— Também.

— Ora aqui está! — diz, verificando duas vezes a lombada do livro. — Está convidada para declamar comigo duas poesias... à sua escolha — ressalva e entrega-me a *Colectânea de clássicos de poesia brasileira.*

Sou apanhada de surpresa, mas tenho o cuidado de entoar a pergunta com naturalidade:

— Para quando?

— Daqui a quinze dias. Vou receber uma comitiva importante. Depois falamos com mais calma.

Com esta não contava. O general é fanfarrão, mas não é nenhum néscio, concluo entre dois curtos pensamentos.

— Chá? Sumo? Água?

— Água.

— Sente-se, por favor, e diga-me como a posso ajudar — e aponta para a cadeira.

Já sentados, continuo:

— A mãe era combatente. A minha família não sabe nada dela desde o final dos anos 1970.

— Muitas camaradas lutaram por este país. Heroínas. Conheci a sua mãe?

— Creio que sim. A tia Isaltina deu-me o seu nome e disse-me que me iria ajudar.

— O meu nome? — interroga, surpreendido. — Isaltina quê?

— Isaltina Queiroz da Fonseca. A tia vive em Portugal.

— Desculpe, minha jovem. Não sei quem é a sua tia.

— Não?! E a mãe?

— Ainda não me disse o nome da sua mãe, jovem.

— Desculpe. Rosa Chitula Queiroz da Fonseca. Tem aqui a foto dela.

O general fica parado por alguns segundos a olhar para a fotografia que está em cima da sua secretária. Pede-me que repita o nome da mãe. Repito. O general volta a fica parado por mais uns segundos a olhar a fotografia. Levanta-se e vai preparar um uísque.

— Conhece-a? — pergunto, impaciente.

— De imediato, não me recordo — lamenta. — Importa-se de aguardar lá fora uns minutos? Estou à espera de uma chamada internacional. Já vou ter consigo.

O general chama por Zé Maria. Este aparece de imediato e leva-me novamente para a sala principal.

Fico sozinha. Pelas janelas da sala vejo a noite a cair sobre a baía de Luanda. Parece-me que a festa que acontecia ao fundo do corredor já tinha terminado.

Passados uns dez minutos, Zé Maria aparece e acende as luzes.

— Está bem? Parece-me preocupada.

— Já é tarde para regressar a pé.

— Eu levo-a, não se preocupe.

O general surge na sala, visivelmente transtornado. Pede mil desculpas pela demora. Justifica-se dizendo que a conversa demorou mais do que o planeado. Pede-me para que regresse no dia seguinte.

— A jovem importa-se que tire uma fotocópia da foto?

— Aqui está — entrego a fotografia ao general, que a dá a Zé Maria.

— Tem mais alguma pista que possa ser relevante?

— A última vez que os meus avós a viram foi no Huambo e estava com Juliana Tijamba, outra combatente.

O general, que está de pé a mexer no seu bigode, pausa e vai até à janela. De costas para mim, pergunta:

— Pode dar-me o contacto dessa senhora?

— Não tenho. Estou também a tentar localizá-la.

Vira-se com rapidez e acrescenta:

— Se conseguir, avise-me imediatamente. Entende não entende? Para a ajudar tenho de estar a par das suas descobertas. Zé Maria regressa e entrega-me a fotografia e, ao general, a cópia.

Pego no livro e levanto-me. O general olha para mim e para a cópia como se procurasse reminiscências. Talvez não me ache parecida com a mãe.

Estou a abrir o gradeamento da porta do apartamento de Romena quando Katila abre a porta interior e grita para dentro:

— É ela, mãe! Está inteira.

Romena aparece com ar esbaforido e desabafa:

— Entra. Existe um grande mal-entendido.

— Fui ter com o general Zacarias Vindu. Está tudo bem — asseguro e pergunto o que se passa que justifique toda aquela agitação. Romena pede que entre e que conte logo de uma vez como tinha sido a conversa com o general.

A mesa de jantar que já está posta, quadrada na sua forma, permite que as Cambissa formem um triângulo à frente de onde me sento. Com minúcia, descrevo o encontro. Se bem que oculto o deboche a que incautamente assistira.

Katila e Nádia fazem troça da nova dupla poética e, entre apupos, insinuam que o general quer saltar-me em cima. Romena repreende-as e adverte não querer aquelas faltas de respeito na sua casa.

Não conseguindo ficar calada, Katila, rindo com ironia, insinua que o general é frouxo.

— Já pedi que acabem com esta palhaçada — exige Romena, dando uma palma seca no ar e largando as mãos entrelaçadas sobre a mesa.

Com o susto, Katila cala-se.

— A tua tia Francisca ligou. A Tininha nunca na vida dela falou com o general. Conhece o nome do general Zacarias Vindu dos jornais — esclarece Romena.

— E agora?

— Vamos jantar.

— O general?

— Durmo sobre o assunto e amanhã vemos. Vamos despachar que não quero perder a novela.

— A da Globo ou esta da Vitória? — atiça Katila, com escárnio.

Quem segue uma telenovela segue uma vida real de uma sociedade imaginária. Eu gosto disso. Em casa de Romena é ainda mais divertido. Comenta-se com emoção o desenrolar da trama. Romena, Katila e Nádia pertencem à história, torcem pelas suas paixões favoritas e gritam à televisão ofensas aos maus da fita.

Em *Mulheres apaixonadas*, Katila e Nádia apoiam o namoro de Luciana com o primo Diogo. Romena vai saltando de mulher apaixonada em mulher apaixonada. O entusiasmo à frente da televisão só parece minguar nas cenas quentes entre Clara e Rafaela.

— Onde é que já se viu, duas mulheres? Que belo exemplo dão! Tirem essas sapatonas da novela — grasna Romena, enojada.

Não comento.

O genérico intromete-se no beijo entre Clara e Rafaela. Fazemos um intervalo do sofá. Aproveito para subir ao quarto.

Deito-me na cama de barriga para cima. Penso na Catarina. Não me culpabilizo por não lhe ter contado que não ia casar e que vinha para Luanda. Não foi só do casamento que fugi. O abandono não é compadecedor; precisa, sim, ser egoísta. Fui-me embora sem qualquer aviso ou evidência.

Para ela, era mais uma tarde juntas no seu pequeníssimo apartamento alugado na Venda do Pinheiro. Trinta metros quadrados simples e brancos. Os espaços grandes são para quem se quer evitar; os pequenos, para quem se quer aninhar nos braços de quem ama. No colchão de corpo e meio sobrava espaço. A tapá-lo, um lençol e, por cima, um edredão barato comprado na feira. No inverno, o apartamento era demasiado frio e, no verão, um forno. Mantínhamos os estores sempre fechados. Apenas um pequeno candeeiro ou velas iluminavam aqueles momentos furtivos. A lâmpada do teto desde sempre esteve fundida. Nenhuma das duas lá chegava para a trocar. Trocar uma lâmpada nunca foi para nós a prioridade. O colchão era o hipocentro dos nossos encontros. O que fazíamos nele não podia ser sabido lá fora. Do lado esquerdo do colchão, uma chávena de café Delta tinha sido transformada em cinzeiro. A cinza estava sempre espalhada a toda a volta. Sempre achei aquilo um nojo. Para mais, a Catarina tem o péssimo hábito de fazer da pastilha elástica que está a mascar uma pequena bola que espalma e cola no centro do triângulo vermelho da chávena.

Quando lhe perguntei o que era aquela cena com a pastilha elástica, respondeu que era um lembrete para quando estávamos juntas. Pedi-lhe que explicasse melhor. Não entendia.

— O doar-me hoje vai doer amanhã. Vês? Repara bem na palavra "Delta" — e apontou para a chávena.

Entendi por fim o que me tentava explicar: a palavra "Delta" passa a "Doa" com a pastilha elástica lá colada no meio.

Mesmo estúpida, gosto dela.

Naquela última vez em que nos vimos, o final do dia estava abafado. Não abrimos as janelas do quarto. Não me recordo porquê. Porventura devido ao barulho da rua. Quiçá?!

As mãos grandes da Catarina, pela segunda vez, enrolavam um charro. Eu estava deitada sobre o seu ventre. Com a minha mão, percorri-lhe a linha de penugem. Ia do umbigo até à vulva, para cima e para baixo. Sem pressas. Como se tivéssemos todo o tempo do mundo. Fui beijando, beijando, até chegar às suas coxas rosadas e fartas. Abri-as. Assentei cada uma das suas nádegas em cada uma das minhas mãos. Puxei-a para cima. Pediu que eu a lambesse toda. Animei-a primeiro com os meus dedos. Fosse ela um acordeão de fole. A minha língua desdobrou-se a explorar cada canto e recanto — por mais escondido que pudesse estar — dos seus lábios ruborizados e húmidos. Pedi-lhe que acendesse o charro. Dei dois bafos profundos, e, o último, larguei-o em travos no interior das suas coxas. Cuspi-lhe no clítoris e abocanhei-o com os lábios, deixando-o palpitar e inflamar com o fumo do haxe. Veio-se na minha boca e com os meus dedos no seu cu. Puxou-me para cima e chafurdou-se nas minhas mamas. Entre muito roço e muitos beijos dava-lhe palmadas nos bicos. Os epicentros alinharam-se. Colidiram. Houve deslizamentos de pele. As línguas agitaram-se nas bocas cruzadas e dedos entrelaçados, fazendo com que a magnitude das ondas sísmicas do êxtase expelisse as águas orgásticas. Lambuzamo-nos no suor quente do prazer.

A mais de oito mil quilómetros, imagino-me na mesma cama com Catarina. Sinto a língua a palpitar-me com o tesão. Salivo. A boca ensopa. Os peitos incham-me. Estou cheia de desejo. Molho o dedo e toco-me. As nádegas e a vagina contraem-se. Quero-me vir, mas não o consigo fazer aqui. Então prendo o que não se quer conter. O dedo que antes tinha dentro, levo-o à boca. Fecho os olhos e é como se sentisse a seiva íntima e profunda da cona da Catarina. As minhas memórias mais preciosas estão gravadas na minha língua. Todas elas.

# 14

Como apalavrado, Romena dormiu sobre o assunto. Sobre o lado esquerdo do assunto, clarificou, pois era esse o lado do pescoço que lhe doía. A conclusão de Romena é simples: o fim justifica os meios. Di-lo, com máxima convicção, entre dois golos de chá preto.

Mesmo assim, a dúvida persegue-me e decido questioná-la:

— E se o general descobre?

— Vai descobrir como? Eu mesma nem vou abrir a boca. Tu vais?

— Não.

— Ele vai-te abrir todos os caminhos.

— Acha?

— Du-vi-das!! Enrola *ele* com a poesia.

Romena tem razão.

Eu ajudo o general a exibir o seu lado poético e ele ajuda-me a encontrar a minha mãe.

Com grande alvoroço, no sábado de manhã, Romena vai ao quarto das filhas e tira-nos às três da cama. São dez e meia. Josefa e Mariela ainda não chegaram.

Enquanto esfregamos os olhos, espreguiçamo-nos e saltamos da cama, Romena reclama que é sempre a mesma coisa. Sendo a "coisa": as empregadas faltarem quando mais ela precisa delas.

A casa tem de ser limpa, e o almoço preparado com exímia prontidão.

Distribui as tarefas e avisa para irmos almoçar noutro lado. O almoço é de *business*. Um português quer abrir uma construtora em Angola, e Romena, com o primo Nino, vão entrar como parceiros locais.

Diz-nos para esperarmos para cumprimentar o português e depois sair de imediato. Não quer miudagem agitadora em casa, que lhe possa estragar o negócio. Di-lo olhando para Katila, que, querendo atiçar mais a mãe, faz um discurso sobre a liberdade de expressão num mundo livre. Romena responde que, enquanto for ela a pagar as contas e a viverem debaixo daquele teto, o que existe naquela casa é ditadura, ordem e obediência. Nádia intervém oportunamente, lembrando que, se há tanto para se fazer, não é aquela a melhor altura para debates. Lembra que, já que vão ser expulsas do seu próprio lar, querem "gasosa" para um almoço na ilha.

O *business* ficou fechado.

Do lado da costa e junto aos acessos estão os restaurantes para as elites e expatriados; recolhidos, em segunda linha e do lado da baía, ficam os do resto do mundo. A rua é o sítio onde vivem, onde trabalham e onde se divertem. Mesmo assim, o "resto do mundo" só o pode fazer em zonas designadas.

As Cambissa só frequentam o lado do mar. O restaurante está cheio e animado.

— Não parece que estás em Angola, né? — pergunta-me Nádia.

— Não estás mesmo — escarnece Katila, respondendo por mim.

Em frente ao restaurante e na areia, as espreguiçadeiras são guardadas por seguranças. Estes certificam-se de que quem vai à beira-mar almoçar não é assaltado por visões reveladoras acerca do resto do mundo. Incautamente, falham. Uma criança, que, hipoteticamente, não terá nem chegado pelo mar, nem pela entrada do estabelecimento, surge como atirada do céu a deambular pelos guarda-sóis. Estende a mão e toca na barriga. Dão-lhe dinheiro. Uma empregada entrega-lhe uma sandes. Depois, com a ajuda de um guarda, é retirada dali. Passamos o resto do dia em animada cavaqueira.

Seriam sete e meia da manhã de segunda-feira quando Josefa e Mariela aparecem para trabalhar. Assim que ouve a chaves a rodar na fechadura da porta, Romena faz uma tentativa para se levantar, todavia desiste e continua a tomar o pequeno--almoço connosco na sala.

Vendo que ambas estão vivas e bem, mantém-se com o semblante fechado. Espera explicações. Josefa e Mariela podem dá-las.

— Houve assalto no candongueiro. Nos deixaram na rua — justifica Josefa.

— Mas agora é a nova moda na cidade?! — quer Romena que lhe respondam.

— Não tivemos condição de vir trabalhar.

— Onde foi isso? — quer Nádia saber.

Katila pede licença e vai sentar-se no sofá, junto ao telefone. Alardeia que vai acordar o primo Nino. Não tem nada que dormir, tem é que resolver os problemas do país. Romena pede encarecidamente à filha para não fazer "uma tempestade num copo de água", que deixe o primo descansar, pois irá chegar o dia em que ele irá perder a paciência. A filha faz orelhas moucas e Romena ameaça-a com o chinelo que tem calçado.

— Lá próximo do Sambizanga — continua Mariela.

— Agora está assim. Todo o final do mês tem assalto no candongueiro — informa Josefa.

— Este país está cada vez pior — admite Romena. — Contem! Então... Que aconteceu?

— Me deram chapada e tudo — lamenta Mariela, fazendo com a mão o movimento.

— Conta então! Vos bateram porquê? — pergunta Romena.

— Pararam mesmo assim o candongueiro com arma. Nos disseram para sair. Põem nós assim direitinhos na fila e depois pedem as pastas. Não tínhamos nada para lhes dar. Se zangaram porque acharam que era mentira. Quem não tinha nada levou chapada.

— O gatuno disse que não me dava estalo porque sou mais velha. Numa moça, lhe pediram beijo — diz Josefa.

— E deu? — Incrédula, quero eu saber.

— Lhe beijou mesmo. Assim na boca. — Imita Mariela, mostrando no ar o beijo que a rapariga teve de dar ao assaltante. — Senão não lhe devolvia os documentos. Outro dia, minha amiga estava com umas sandálias bem bonitas. Também no candongueiro e houve assalto. Lhe olharam os pés. O gatuno disse nela para descalçar. Ia dar as sandálias de presente na dama dele. Teve de regressar para casa assim mesmo... descalça.

— Juro, não sei se chore ou se ria com esses gatunos — lamenta-se Romena, com a mão na cabeça. — Quando assaltaram esta aqui — e aponta para Nádia —, tive de ligar para o móvel dela...

— Telefonou para o telemóvel dela!? — Não estando a seguir o raciocínio, decido pedir esclarecimentos.

— O móvel estava com o gatuno — esclarece Nádia, fazendo sinal para a mãe continuar com a conversa.

— Pedi por favor para devolver o chip porque o móvel era meu e precisava dos números para trabalhar. Ainda me disparatou e tive de lhe dar dois mil kuanzas para ter o meu chip de volta.

— Não estou a entender. Estiveram com o bandido depois do assalto? — Estupefacta, peço uma resposta plausível.

Katila, que, sem sucesso, continua a telefonar para o primo Nino, poisa o auscultador para que eu seja elucidada:

— Isto aqui é a banda. Não sabes ainda?! Tudo é possível — acrescenta em sussurros —, cambada de incompetentes. — E volta a marcar o número.

— E a polícia? — pergunto.

— A polícia vai fazer o quê? Lhes perdem e lhes soltem. É só mais problema. Foi o Edson com a Nádia buscar o chip, ali perto do Maria Pia.

— Haka! É demais, fazer mais como? — Josefa concluiu, antes de irem mudar de roupa e de nós continuarmos o nosso mata-bicho.

— Mau dia, primo Nino. A Josefa e a Mariela foram... — O chinelo que bate na cabeça de Katila força-a a desligar o telefone. Apesar do susto provocado pela razia do mesmo nas nossas cabeças, Nádia e eu não conseguimos evitar e, ao rir, engasgamo-nos. Katila, indignada, vai a queixar-se, e Romena, já de pé, faz-lhe uma ameaça séria e em nome de Jesus Cristo: se ela, Katila, abrisse a boca para pronunciar as palavras "violência doméstica" ou fazer o mais ínfimo som, iria apanhar uma surra com o pau de bater o funje. Katila fica calada e quieta. Porém, assim que ouve os passos da mãe a subir as escadas, não se contém e, muito baixinho, recria o som de um pintainho: "Piu".

Depois do almoço, e como combinado, vou ao escritório do general para com ele partilhar os poemas que escolhi. Demoramos perto de duas horas a alinhavar as estrofes que cada um irá declamar. O primeiro ensaio fica marcado para o dia seguinte.

"E em relação à mãe?", perguntou-lhe.

O general desculpa-se, mas até então não tinha conseguido entender, na estrutura do partido, quem seria a pessoa certa para ajudar-me a recolher informações sobre a mãe. Garante que está a explorar todas as opções, estando já um encontro, com a responsável pela associação de mulheres, alinhavado.

Terminada que está a nossa agenda, pergunta-me quais são as minhas primeiras impressões sobre a cidade de Luanda. Na tentativa de ser simpática, digo-lhe que acho a baía muito bonita e que gosto muito das pessoas. Relato a emoção ao sobrevoar a cidade. Falo-lhe da terra vermelha e do forte bafo de ar quente que se sente quando a porta do avião é aberta.

Não me esqueço — claro — de admirar o peso do mundo que as zungueiras, também chamadas de quitandeiras, carregam na cabeça. Não querendo aparentar que estou a dar graxa, menciono quão caótico é o trânsito e cara é a cidade. Em sumário, "largo na mesa" os clichês de quem visita Luanda pela primeira vez.

— Jovem — diz-me, enfatizando que está a falar com alguém que não tem a sua experiência de vida —, Luanda é como uma mulher complicada. Não me interprete mal o adjetivo — ressalva, tentando não parecer indelicado.

— Longe de mim. É comum acharem as mulheres complicadas — afirmo com cinismo.

— Não é bem nesse sentido que o digo. Jovem, venha. Quero mostrar-lhe uma coisa.

Sigo o general Zacarias Vindu até à sala. Encaminhamo-nos para a janela e ficamos lado a lado. Mesmo de sapato com tacão, é um homem mais baixo do que eu.

Sem compreender o que se passa, enquanto o general alisa o bigode com as mãos, aguardo pelo desenrolar da ação. Reconheço-lhe o tique. É o mesmo que nele despertava, quando, na festa de casamento, observava uma mulher que lhe agradasse. Olhando o horizonte, explica-se:

— É uma mulher complicada que não se esquece. De uma maneira ou de outra, queremos sempre voltar.

Lembrei-me de Catarina.

Pergunta-me se entendo o que ele quer dizer, e acho por bem fazer uso da resposta do meio:

— Mais ou menos.

Vê que horas são e chama por Zé Maria.

— Leve a jovem à Fortaleza. Faço questão de que a Vitória veja o pôr-do-sol a partir de lá.

Nos entretantos, orienta Zé Maria para que seja meu motorista e guia turístico. Dá indicações para que Zé Maria garanta que "esta jovem" — neste caso eu — "conheça Luanda, se divirta e não ande a pé". Subimos à Fortaleza e, antes que o sol se pusesse, começámos a descer. Zé Maria não tem saudades de Lisboa, nem de Portugal. Gosta de Luanda e, "se tudo correr bem", quer continuar por cá por muitos mais anos. Conta-me que gosta da liberdade do caos, de viver sem muitas regras. Acha as capitais europeias demasiado previsíveis, "uma coisa certinha que acontece sempre a horas, todas iguais". Luanda é crua, dura, mas autêntica.

— Em Lisboa, Madri, Paris, Londres, está tudo feito. Entende?

— Explique-me

— Está tudo ali. Você tem de seguir mais ou menos o manual de instruções e tem a vida cuidada. Aqui não. Todos os dias tem de usar a cabeça, a imaginação. Você acorda e não consegue prever minimamente como vai ser o seu dia, quem vai conhecer, que disparate vai ouvir...

— Para mim, é tudo demasiado intenso. Está cá há quanto tempo?

— Vai fazer seis anos.

— E não se cansa desta agitação, da falta de tudo, do trânsito, da miséria? Não quer uma vida mais serena?

— Houve vezes que sim. Fui-me embora por duas vezes. Achei que não aguentava mais. Da última vez, foi por causa de um assalto em que me apontaram uma arma à cabeça. Arrumei as minhas coisas e fui para Lisboa. Ia morrendo...

— Dispararam?

— Não, não. A arma nem estava carregada. — Zé Maria ri-se sem parecer conseguir parar.

— Mais ia morrendo ou não?

Tentando articular-se entre os risos, ora diz que sim, ora diz que não. Deixando-me baralhada.

Por fim, acalma-se. Acende um cigarro e responde-me:

— Ia morrendo em Lisboa. Ia morrendo de tédio.

— Estou a ver. Luanda é como uma mulher complicada que não se esquece. Não é verdade? De uma maneira ou outra, você quer sempre voltar.

— Já gosto da jovem.

Zé Maria pisca-me o olho. Sabe de quem são aquelas falas.

# 15

Prontamente, o general facilita o meu acesso à associação de mulheres. Diz-me que não consegue agilizar que eu entre no arquivo do partido. Demasiada complexidade burocrática associada a um elevado número de autorizações necessárias. Considera que o mais simples será pedir que as buscas sejam feitas por alguém dentro da sede. Perscruta a melhor estratégia e pede-me paciência:

— Malembe. Malembe, que aqui na terra não há nada urgente que não possa demorar quinze dias. A jovem vai ter de ter paciência. Não vale a pena ficar nervosa. Tudo se resolve.

No mês de julho, divido o meu tempo entre a associação de mulheres, o escritório do general e os recitais de poesia. Tendo o general ficado encantado com o nosso primeiro, passa a introduzir o seu palco nas ocasiões em que é o convidado de honra. Para mais, quem é lambe-botas apercebe-se de quão cativado este fica e pedincha os dotes do general — e os meus por arrasto — para tudo o que é evento. São dias de exaustão, em que peço um milagre.

"Há males que vêm por bem", e o general fica afónico, suspendendo-se os recitais por tempo indeterminado; mas outro dito popular também se ajunta: "Não há mal que sempre dure, nem bem que se não acabe".

Afónico, começa a dedicar-se à escrita. Passo a rever os seus poemas manuscritos.

A simpatia e a educação do general são contagiantes, porém há qualquer coisa nele que me incomoda mais do que o seu perfume.

Por vezes, fica parado a olhar-me sem pestanejar. Observa-me como se estivesse a examinar-me ou a ver em mim uma outra pessoa. Incomoda-me também que tenha sempre tanto medo de que o queiram matar. Possui uma lista de regras para comer e beber em sítios públicos. Questiono-me o que terá ele feito de tão mau no tempo da guerra e em que negócios andará agora. Zé Maria diz-me que tenho de relaxar. Tudo não passa de boatos da cidade e paranoias do general, alimentam--se mutuamente.

Na organização das mulheres, deixam que consulte ficheiros a que não deveria sequer ter acesso. Não sou diretamente questionada pelos funcionários, mas os olhares de esguelha não escondem a sua indignação.

Consulto as caixas e caixas de arquivo numa sala húmida e sem ventilação. Não entra ar fresco. Transpiro sem parar. Por vezes, quero desistir, mas resisto. Resisto como as mulheres combatentes nas fotografias de identificação dos processos individuais. As caras estão rígidas. Pretas, mestiças e brancas.

Em algumas delas, os olhos parecem esvaziados. Outros incubam a expressão do dever a prestar. A retidão da postura mostra o orgulho da responsabilidade. Têm sempre os lábios cerrados. Tão cerrados que parecem cosidos com corda de sisal. As camaradas não se asfixiam, mas também não falam os seus queixumes de mulher. Dentro de alguns dos processos estão certidões de nascimento de crianças. Imagino-as a carregar a arma e a criança, como o fez a mãe.

Escrita em algumas capas do arquivo está a palavra "falecida". O punho que a desenhou é como se fosse a ferida por onde o sangue se esvazia. O tempo tudo transforma em cicatriz. O miasma parece ter-se entranhado com o pó nas folhas. Interrogo-me se terão elas tido direito a uma cerimónia fúnebre ou o que terá sido dito no seu epitáfio. Divago. Tento evitar o medo que sinto de encontrar o processo da mãe com a mesma palavra.

A proximidade diária com Zé Maria torna-nos amigos. Depressa, por insistência de Romena, começa a frequentar a casa. Esta acredita que ganha intimidade com o general ao ter o seu assistente como o novo "sobrinho". Subir para uma Cuca e acabar por jantar passa a ser rotina regular do Zé Maria. Tentar tirar nabos da púcara é missão impossível para Romena. Zé Maria nunca fala do trabalho. Se Romena pergunta diretamente pelo general, as respostas são sempre vagas. Nunca se adianta muito.

Sempre que tem oportunidade ou se quer evidenciar, Romena gosta de partilhar que o assistente do general frequenta a sua casa. Romena, quando fala sobre certas pessoas, gosta de mostrar proximidade. O general, que se chama Zacarias Vindu, passa a Zacas. Zé Maria perdeu o nome e é invocado como "o meu sobrinho português assistente do Zacas".

Romena não o faz por mal. Todos da sua convivência fazem o mesmo. Gostam de exibir uma intimidade — falsa ou real, não interessa — com gente importante do governo, mormente com o presidente do partido e sua família.

Junho, julho e agosto são meses de feiras, romarias e festas em Portugal. Não em Luanda — que não representa todo o país —, diz-me Zé Maria. Nessa altura do ano, já não há muito para se fazer. Os estrangeiros que trabalham na cidade regressam ao seu país em férias. Em consequência, as festas do pessoal das ONGs e das petrolíferas decrescem drasticamente. Da experiência de Zé Maria, as opções que restam na época do cacimbo são os óbitos, almoços de sábado em casa de alguma tia e uma festa de quintal "aqui ou ali".

Diz-me que não está a reclamar. Está a constatar. Acha que, para ele, até é melhor. Menos concorrência masculina na cidade. Gaba-se alegremente de conhecer todas as mulheres bonitas de Luanda, e as que não o são conhecerem-no a ele. Vejo-o sempre a distribuir beijos e cartões de recarga para o telemóvel. Não assume ninguém e, aparentemente, é solteiro, o que não se pode comprovar. Na associação, a monotonia é ocasionalmente quebrada pelo aparecimento de uma espanhola. Pelo que me apercebo, anda há algum tempo a tentar ter uma reunião com a responsável da organização. Está a levar baile. A espanhola não consegue passar da recepção.

As desculpas são sempre as mesmas: "Aguarde, que a chefe está reunida", "Teve de sair e já não volta", "Venha amanhã para falar com ela" e "A chefe hoje não veio". Sei que a espanhola está na recepção quando o seu sotaque esganiça de frustração. Quando isso acontece, eu vou lá espreitar.

Numa dessas vezes, está a recepcionista calada, com o olhar ligeiramente levantado e a testa franzida, enquanto a espanhola fala com as mãos, num tom exacerbadamente alto e sem espinhas. Está despenteada como alguém que tenha participado num combate corpo a corpo. Por debaixo do seu vestido florido, as mamas soltas agitam-se sem parar. Sinto-me uma caravela encalhada no seu peito cor de amêndoa caramelizada. Fico lá parada, enquanto estas são solavancadas pela dança de braços e ombros que acompanha o compasso do seu largo discurso.

A desconexão e bruteza de movimentos, em Georgina, são uma dança erótica que instiga à luxúria. Quero tocar aquelas mamas. Ter as suas carnes a desaguar por entre os meus dedos. As mamas de Georgina a ninguém passam despercebidas, digo e confirmo.

A espanhola é uma daquelas mulheres que podem esperar perenemente até conseguirem o que querem. Regressa no dia seguinte, com uma nova estratégia. Quando eu chego à organização, já ela lá está. Encontro-a sentada numa cadeira a escrever. Dá a entender que não vai sair dali sem falar com a chefe. A recepcionista também assim o entende. É sexta-feira e está cansada. Quer ir cedo para casa e resolve-se a não complicar. Eu entro sem cumprimentar ninguém.

Quando volto a sair, a espanhola já não está lá. Penso que tenha desistido. Encontro-a junto ao portão. Parece esperar por alguém. Eu, enquanto aguardo pela boleia do Zé Maria, decido meter conversa. Pergunto-lhe se já conseguiu falar com a diretora. Aliviada, confirma que sim. Conta que está em Angola para fazer um estudo sociológico sobre a mulher rural angolana. Vai viajar em trabalho, mas regressa em finais de agosto. Pergunta-me se lhe posso dar boleia até ao Hotel Trópico.

É difícil convencer Zé Maria a levar Georgina ao hotel. Passando constantemente a mão pela franja que lhe tapa os olhos, Zé Maria insiste que, primeiro, temos de ir beber uma caipirinha à ilha.

Georgina recusa. Não tem tempo.

Trocamos os números de telefone e prometemos manter o contacto. Georgina ainda não entrara no hotel, e Zé Maria já espadana sem vergonha nem outras reticências:

— Porra, que ganda par de mamas! — Antes que eu tenha tempo de abrir a boca, diz-me: — Desculpe. Acho que me descontrolei.

— Não estás desculpado.

— Ficou com o número dela?

— Não estás desculpado — reitero a fingir que estou zangada.

— Vá... passe para cá o número.

— Vais dar-me saldo para o móvel? — provoco-o no gozo.

Zé Maria abre o porta-luvas do carro e tira de lá um molho de cartões de recargas:

— Tome. Fique com todos.

Rimo-nos até que os nossos olhos ficassem marejados e a barriga a doer.

# 16

Como profetizado por Zé Maria, às festas são acrescentados os óbitos. Não há como lhes escapar. Todas as semanas, Romena tem o tio de um colega, o primo de um conhecido ou uma vizinha antiga que morre. Quando o seu marido faleceu, ficou sozinha com as duas filhas.

Corrijo. Romena não ficou sozinha. Teve Luanda à volta dela desde o momento em que Guigui se foi.

Nádia e Katila reclamam com a obrigação, mas Romena é inflexível.

— Ninguém fica em casa. Vamos todas mesmo — exige, e lembra: — Deixem-se das vossas modernices. O komba é tradição.

Vou de arrasto para fazer companhia.

Por norma, Romena tira sempre um ou dois dias para ajudar a família na preparação do velório. Katila reclama com a mãe, dizendo que o governo tem de acabar com "essas" baldas ao trabalho. O que se sucede a seguir já aqui relatei. Katila liga para o primo Nino para criticar o partido. Romena zanga-se, pois Katila não tem nada que se meter na política, e Katila cala-se... até mais ver.

Assim que se dá o rigor mortis, iniciam-se os comes e bebes. Importa não esquecer logísticas como a recolha, entre os conhecidos, de cadeiras, mesas, colchões e lençóis extras. A família e os amigos, noite e dia, revezam-se na casa da família.

No jornal, é feita a comunicação do falecimento e do local da cerimónia fúnebre. Apesar de o espaço ser limitado, Romena tem na redação um conhecido que facilita e arranja sempre forma de se publicar a notícia na secção da Necrologia. Na vida, como na morte, quem pode, pode! Os anúncios de quem tem recibo, mas não tem estatuto ou conhecimentos, são deixados para trás e não são publicados. Da casa de Romena saem panelas com comida. Somos nós que carregamos as panelas embrulhadas em jornal. Assim, a comida não arrefece, explica-me Nádia.

A formalidade é recorrente. Entramos discretamente, deixamos as panelas na cozinha e, depois, em fila indiana, vamos cumprimentar a família enlutada, que recebe beijos literalmente de toda a gente que lá vá prestar os seus sentimentos. Por vezes, Celeste também aparece. É mestre do jogo social do "quem é quem". Ficar ao seu lado é entender as dinâmicas familiares e sociais que, de outra forma, me teriam escapado.

Numa ocasião, ei-los ali: a viúva com os filhos junto ao caixão. É então que surge pela porta uma adolescente com uma criança quase recém-nascida ao colo. Aparece "blindada" por dois homens e uma mulher que aparenta ser a sua mãe, pois são parecidas. Quando se depara com o caixão, entrega a criança à mãe e, com pranto descerrado, cola as suas mãos ao rosto do falecido.

Entre murmúrios, olhares começam a ser trocados, concluindo-se que nenhum dos presentes sabe quem é a moça que agora se debruça sobre o corpo e intensifica o pesar da dor gritando. A situação fica deveras duvidosa e levanta suspeitas. Celeste prontamente diz-nos que vai haver maka, e nós passamos a ficar atentas ao desenrolar dos acontecimentos.

Antevendo desconfianças sobre a legitimidade da presença da jovem, um dos homens — que se veio a revelar seu tio — tira fotografias do bolso do casaco e pergunta na sala quem é o irmão do falecido. Este último, que já se tinha levantado para melhor entender o que ali acontecia, identifica-se.

Nas fotografias — soube Celeste, que nos contou mais tarde —, estava o defunto aos beijos com a outra, "só de lábios", clarificou. A criança de colo assume-se ser filho de ambos. Não obstante, a insurgência da jovem ao pensar que está em terra de ninguém origina na sala um choque coletivo. As rezas, os choros e as conversas ficam suspensos no teto. Todos se concentram na calipígia que veste um macacão coleante e parece não ter a idade mínima para entrar numa discoteca. Espera-se a qualquer momento fogo de contrabateria. Sem embargo, a viúva reconhece a inutilidade de uma disputa romântica e cumpre na perfeição a sua função diplomática, até que pede para ver a cara da criança. Todos a tentam desmotivar, mas a insistência mantém-se e ganha. Quando vai a regressar ao seu lugar, desmaia antes que se consiga na cadeira sentar.

Problemático é também gerir as comadres da viúva, que mobilizam uma expedição punitiva aos recém-chegados. A coluna já tinha iniciado a marcha quando o irmão do falecido dá voz de comando para destroçarem. A mêlée, isto é, o arraial de porrada, é assim evitada. No fundo, todos sabem que aquele não é o momento. A paz e a ordem são estabelecidas com as orientações do irmão do defunto. Não havendo razão para fingimentos, porque toda a gente viu, diz abertamente que "o problema que estamos com ele" será cuidado numa altura mais oportuna. Defende que todos e todas — e aqui enfatiza o feminino no plural — têm o direito de se despedir do seu irmão Carlos. "Celebrá-lo e honrá-lo", acrescenta.

Para terminar, reforça a hierarquia de direitos. As cadeiras junto ao caixão permanecem com a viúva e seus filhos. O "decreto" é respeitado. A névoa de uma potencial guerra armada dissipa-se. A família secundária é levada para fora de vista, ou "das vistas", sendo garantido o seu direito de permanência no local.

Nessas ocasiões a que todos estamos fadados, não é incomum encontrar-me com o general. Discretamente, mas não de uma forma muito discreta, porque o faz em público quando o podia fazer em particular, entrega um envelope. "Com dinheiro", esclarece-me Celeste. Por norma, a esposa do general fica sentada junto da família enlutada. O general pouco tempo se senta.

Abandonada a sala do velório, o ambiente e a moral tornam-se mais arejados. A morte alheia faz com que velhos conhecidos se revejam e, alegremente, recordem memórias e rezem entredentes para que não sejam os próximos.

Era-me muito difícil ir aos velórios. Participar em tanto sofrimento. Aqui, algo interessante aconteceu-me: começo a chorar quando oiço os cantos tradicionais. Não choro pelo defunto, porque geralmente nem sequer sei quem é. Romena acha que a profundidade do meu pranto é de uma dor antiga de perda. Diz-me para deixar correr. O choro limpa.

# 17

Também eu passo a receber envelopes do general. Aceito-os sem pestanejar. Sem papas no pensamento, vos digo: o dinheiro faz-me falta. Assim que recebo, tiro o dinheiro e deito fora o envelope. Não me habituo ao perfume forte que em tudo se entranha.

Com a ajuda do general, participo num programa da televisão nacional que quer unir famílias separadas. O general ainda paga pelos anúncios colocados no jornal e difundidos pela rádio. Já estou em Angola há dois meses e, até agora, não encontrei uma única pista que me leve à minha mãe ou a Juliana Tijamba.

Em finais de agosto, quando os estrangeiros começam a regressar, Luanda ganha uma nova vida. Fim de semana sim, fim de semana sim — duas vezes, para que se reforce a periodicidade —, há pelos menos três festas na mesma noite. Nádia e Katila não gostam "desses ambientes de expatriados" e não se misturam. Continuam a frequentar os mesmos sítios onde encontram os amigos e os primos.

Passam a explicar-me: têm algumas primas e amigas a trabalhar em empresas estrangeiras, e estas contam todas o mesmo. Muitos dos expatriados comportam-se "como se isto fosse a 'Angolândia'". Não respeitam a cultura, não respeitam as mulheres, não respeitam as regras.

— Chegam aqui, conduzem ao telefone, conduzem com álcool, atiram-se às mulheres, deitam lixo no chão. Vai então lhes perguntar se fazem isso na terra deles. Fazem aqui porquê? Porque aqui ninguém lhes faz nada. Não há consequências. Tipo quê? Tipo, aqui é anarquia, vamos lhes abusar. É começar a dar 24/20* nesses gajos! Não se comportou, tem que regressar para lá de onde veio. Vão ver se não aprendem — elucida Katila.

Nádia concorda. Não está para ir a festas e ser constantemente interpelada:

— Esses uís... ficam con-fun-di-dos. Nos confundem a todas. Acham que é chegar, pegar e levar.

Zé Maria gosta das festas das ONGs, e há vezes que vou com ele. É nessas festas que toda a Luanda se mescla. O musseque, a elite, os estrangeiros estão todos lá: na farra que kuia bué.

Num desses dias em que decido seguir os meus impulsos, ligo do escritório do general para Catarina. Falta-me a coragem para falar. Limito-me a escutar, do outro lado da linha, a sua voz. Ouvi-la altera-me o batimento cardíaco. Desligo. Respiro fundo e decido voltar a ligar. Catarina demora a atender, mas atende. Digo: "Sou eu". E Catarina desliga.

Poiso o auscultador do telefone. Penso em voltar a ligar-lhe mais tarde.

Uma mosca vagueia pela mesa. Pego no caderno e acerto-lhe. Olho para ela esborrachada. Uma pata ainda se agita. Lanço-lhe um sopro forte. A mosca cai morta no chão. Sinto-me como ela, sem existência.

Zé Maria surge na sala em alvoroço. Sem reparar, pisa a mosca. Com um tom exasperado, reclama:

— Oiça lá, você sabe há quanto tempo estou lá em baixo à sua espera?

* Em vinte e quatro horas e com vinte quilos. É uma expressão usada na gíria, que surgiu nas décadas de 1970 e 1980. Sempre que o Estado angolano expulsasse um cidadão, o mesmo tinha de sair do país em vinte e quatro horas e com uma mala de vinte quilos — o permitido pelas linhas aéreas.

— À minha espera porquê?

— Não tem de ir à associação?

— Hoje não.

— Adivinhe quem chega hoje? — pergunta, colocando as duas mãos em concha à frente do peito e abanando os ombros.

— Deixa de ser idiota.

— Vou buscá-la ao aeroporto. Quer vir?

Quando chegamos ao aeroporto, Georgina já está na entrada a aguardar. Ao vê-la, Zé Maria entusiasma-se ainda mais:

— Estou apaixonado, porra! Quero esta mulher — diz, quase batendo no carro da frente. Sai do Hummer e deixa a porta aberta. Espeta um abraço apertado e demorado em Georgina. Um abraço deveras desnecessário. Depois, um beijo a milímetros da boca de Georgina. Agarra-lhe a mão e encaminha-a. Os cães levantam a perna e mijam. Zé Maria é um cão alfa. Os nervos, possivelmente, fizeram-no esquecer que o cavalheirismo é tão importante quanto a biologia. Georgina continua a carregar às costas a sua mochila. A mesma que até ali carregou e continuará a carregar.

Como se nada valesse, sou "convidada" por Zé Maria a mudar-me para o banco de trás. Não contesto.

Quando conseguimos iniciar a marcha do carro, o meu relógio marca cinco minutos para as quinze e vinte e cinco.

— Podes, por favor, pôr na Rádio Nacional? — peço a Zé Maria, que só ouve ao segundo abanão que leva no ombro.

— Não é preciso bater.

— Vai passar o anúncio.

— Que anúncio? — questiona-me, aparvalhado.

— Não fales que já começou.

"Boa tarde! Caros ouvintes, bo-a tar-de! Angola, de Cabinda ao Cunene. Boa tarde, Angola. Gente da minha banda, bom início de fim de semana. Angola em paz! Paz! Que a paz seja duradoura e para todos! Paz!", ouve-se o locutor de rádio introduzir.

O anúncio demora-se no arranque, mas lá começa:

"A senhorita Vitória Queiroz da Fonseca procura a sua mãe, Rosa Chitula Queiroz da Fonseca, e a sua tia Juliana Tijamba. Senhora Rosa Queiroz da Fonseca, senhora Juliana Tijamba, estão a ouvir-me? Se sim, liguem para este número. Para quem tiver informações sobre a senhora Rosa Queiroz da Fonseca ou a senhora Juliana Tijamba..." E o locutor volta a repetir ambos os nomes por mais três vezes: "Liguem para o número que vos acabei de dar. Vamos unir esta família, minha gente! A paz traz a união das famílias. Continue connosco na frequência 93.5 FM...".

— *Coño!* — grita Georgina, virando-se para mim, que estou no banco de trás.

Zé Maria assusta-se e trava sem se esperar.

— O que foi agora? Vocês querem que morra do coração.

— *Coño, chica! Por qué no me has dicho de Juliana Tijamba?!*

# 18

Georgina já não é deixada em casa. A notícia impõe que, sem demoras, eu parta para o Huambo. Romena, assim que inteirada da novidade, age com indomável diligência. Ao seu quartel doméstico, convoca a infantaria de ataque. Quando chego com Georgina e Zé Maria, Nádia, Katila e Celeste já lá estão. Quase que omitia aqui, por esquecimento, a presença de um rapaz baixinho e de cabelo ralo. Dele só se destacam os grandes olhos pretos, que são dois detectores de movimento que seguem Romena para onde quer que ela vá. O rapaz, a todos desconhecido, vem a revelar-se ser o sobrinho da vizinha do terceiro andar. Ele e a tia haviam sido interceptados por Romena à entrada do prédio. As etiquetas das malas que traziam denunciaram que tinha chegado do Huambo. Romena achou que o rapaz também deveria participar na reunião, pois podia ter informações e contactos úteis na cidade do Huambo. Assim sendo, ao invés dos seis vãos de escadas a que o rapaz estava destinado a subir, juntaram-se mais oito.

As apresentações são breves. Nas entrelinhas, Romena arqueia as sobrancelhas redondas e pintadas a lápis. Desgosta-lhe o apelido "Smith" de Georgina. Acha-a mais uma americana que está na terra a meter o nariz onde não é chamada. Não o verbaliza, mas, porventura, pensa-o.

Quem está no sofá, nele se deixa estar. Romena puxa uma cadeira para o centro da sala. Oferece o lugar a Georgina, que

o aceita. Nós tiramos as cadeiras da mesa de jantar e sentamo-
-nos junto ao sofá.

Sem ato de abertura, Georgina faz corta-mato e passa a rela-
tar como conheceu Juliana Tijamba. Conta que estava ela num
hospital municipal a uns vinte e poucos quilómetros do centro
do Huambo quando viu pela primeira vez Juliana. Elucida que
ela — Georgina — estava no hospital a recolher dados para
o seu projeto sobre a teorização sociológica dos conflitos e do
pós-guerra. Se bem me recordo, Georgina dissera-me, quando
a conheci, que estava a pesquisar sobre a mulher rural angolana. Mantive-me calada.

A espanhola desvia-se do rasto do discurso que segue e
perde-se nos detalhes sobre o seu estudo.

A voz grossa de Romena sobrepõe-se e corta o palavreado
de Georgina. Sem mostrar grande paciência, pede-lhe que siga
adiante e com foco em Juliana.

Recomecemos, novamente.

Georgina conta que estava num hospital municipal a uns
vinte e poucos quilómetros do centro do Huambo quando viu
pela primeira vez Juliana. Estava na entrada do edifício quando,
a grande velocidade, chegou uma carrinha de caixa aberta e estacionou na extremidade direita do hospital.

Na parte da frente da carrinha vinham três mulheres. A mulher que conduzia, e que era a mais velha, desceu apoiada numa
bengala. Notou-lhe Georgina que mancava de uma perna. Usava
o cabelo branco trançado, e a forma como olhava para as outras duas dava a entender que era ela quem dava as orientações.
As duas mulheres mais jovens — não tão jovens, talvez mais
na meia-idade — seguiam a falar com as mulheres e crianças
que deambulavam sem destino e sem vontade, pelo perímetro do hospital.

Apercebendo-se de que Romena está prestes a interrompê-
-la outra vez, Georgina adianta-se e clarifica:

— *La mujer mayor es Juliana. Voy a terminar, vale?*
Georgina continua a narrar a história que traduzo para a língua portuguesa do seu espanhol prolixo e sotaque carregado.

Juliana, para além de mancar, tem um corpo mirrado, mas, estranhamente, é *fuerte*. Sozinha, abriu a traseira da carrinha, de lá tirou uma tábua e, com esta, improvisou uma rampa até ao chão, ficando a aguardar enquanto as outras duas mulheres encaminhavam as pessoas para dentro da carrinha.

— *Conté siete mujeres y cinco ninõs* — enumera.
O insólito do episódio deixou Georgina estupefacta. Já a carrinha seguia longe, a arrastar o peso dos espólios humanos, quando esta conseguiu reagir. Apressou-se a perguntar ao guarda do hospital quem eram aquelas mulheres e o que tinham ido ali fazer.

Inteirou-se de que as mulheres eram conhecidas como sendo mamã Ju e as manas. O guarda disse também que, de tempos em tempos, passavam pelo hospital. Levavam consigo quem não queria mais viver e ficavam a tratar deles até que ganhassem vida. Ela não se demorou a descobrir onde ficava a casa e, no mesmo instante, pôs-se a caminho.

Georgina interrompe a sua história para retirar da mochila o seu caderno atabalhoado com folhas soltas e diz-nos:

— *He registrado la información de su documento de identidad* — enquanto o seu indicador esquerdo procura pelo apontamento certo.

— Muito bem — felicita-a Romena.
Georgina demora-se até encontrar o que procura. Por fim, lê em voz alta:

— Nome completo: Juliana Tijamba; Filiação. Pai: Nzoe Hilário Tijamba. Mãe: Joaquina Tchiema Tijamba. Residência: Casa 11, Rua 3, Benfica, Huambo. Natural de: Longongo. Província de: Huambo. Profissão: Doméstica. Data de nascimento: 4/10/1944. Altura (m): 1,45. Sexo: F. Raça: Negra. Estado civil: Solteira. Data de emissão…

— Entendemos, entendemos! — interrompe Romena a leitura literal do bilhete de identidade de Juliana.

A espanhola desiste de continuar a falar, abre muito os olhos e, sacudindo o mesmo dedo que antes percorria as folhas, contesta, zangada:

— *No, no, no, no me gusta!*

A Romena também não lhe *gusta* a "falsa espanhola". Levanta o queixo e alerta:

— Minha querida, aqui, nesta casa, só há uma pessoa que pode gritar. — Quase enfia o dedo no seu peito e acrescenta: — sou eu.

Ninguém se atreve a intervir na conversa. O silêncio acutilante que se faz sentir é interrompido pela partida da luz. O breu é oportuno para dar-se por terminada o início de uma contenda.

No tempo curto em que a luz volta, Georgina já está à porta para se ir embora. Zé Maria acompanha-a. Ficamos de falar mais tarde. O sobrinho da vizinha aproveita para "registar" que nunca tinha ouvido falar de mamã Ju e pergunta se pode ir embora. É dispensado. Celeste deixa-se estar.

Romena orienta as filhas a subirem comigo para organizarmos a mala. Não confiando na nossa capacidade, sobe com Celeste, com a intenção de nos supervisionar. Enquanto aprova ou rejeita o que entra na mala, faz telefonemas para me "encaixar" no voo da manhã seguinte que parte para o Huambo.

Por entre portas e travessas, descobre que o voo está cheio. Um obstáculo que, certamente, pode ser eliminado, não fosse ela "engenho" multifuncional e eficiente. Com a convicção que comprova a sabedoria popular de que uma mão lava a outra, Romena consegue garantir que tenho lugar confirmado.

O ditame coletivo assim o ordena: em menos de vinte e quatro horas, estou no aeroporto. Não parece o mesmo aeroporto a que eu tinha chegado. Sábado é dia de voos internos, e a confusão de gente mistura-se com a visível desorganização.

Encaminhamo-nos para a fila de check-in do meu voo.

— Deus Pai! Poeira e catinga — sussurra Katila, fitando os passageiros.

— Está calada! — chateia-se Nádia.

— Fiquem aqui — pede Romena. — Vou ver quem está a voar. Vais sentada à frente — e desaparece por entre a nação de mulheres com imbambas e crianças.

Vários dos homens que vão embarcar usam uns fatos largos e fora de época. Não parecem ser empresários ou homens que tenham de usar fato. É provável que o aprumo seja devido à viagem. A mesma indumentária seria usada para uma visita a um local que exija formalidade, por exemplo a casa de Deus ou o consultório médico.

Nádia e Katila ajudam-me com as malas. Estou carregada. Para além da mala com a roupa que me deram, tenho outra mala com comida e ainda carrego uma mochila com medicamentos, caixa de primeiros socorros e coisas que, nas palavras de Celeste, "podem fazer falta".

Romena demora-se a regressar. Enquanto isso, na fila, vamos deixando passar os passageiros.

Duas galinhas vivas debatem-se dentro de uma gaiola, largando penas por todo lado.

Um velho com barbas brancas inicia-se numa conversa com Nádia. A sua camisola do Benfica, com o número nove, capta-me a atenção. A indumentária do fã do Mantorras completa-se com um pano de motivos tradicionais, que lhe cobre as calças de ganga e está preso à cintura por um cinturão de couro castanho. Um boné azul afunda-se na sua carapinha grisalha. É um velho de estatura média, braços robustos e pele curtida pelo sol. Tem consigo um saco transparente às riscas brancas e azuis, que protege um embrulho feito com folhas de jornal. Decido aproximar-me para ouvir sobre o que falam.

— É peixe seco — escuto-o, enquanto abre o saco.

Katila aponta para mim e esclarece:

— É ela que vai viajar.

— Fazia a gentileza de levar este peixe para o meu filho?

Olho para Nádia à procura do que devo responder. Nádia encolhe os olhos. Katila não responde.

Não ouvido uma resposta, o velho insiste:

— Faz favor.

Concordo.

— Como é que o mais velho se chama? — Nádia pergunta-lhe.

— Kabetula — responde, estendendo a mão para nos cumprimentar —, pescador da ilha de Luanda.

Sinto os calos da mão de Kabetula. Saliências desajeitadamente bordadas com agulha e fio de pesca. As linhas da palma da sua mão podiam ter sido esquartejadas por uma faca de lâmina cega.

Kabetula reconhece a diferença da topografia das mãos delicadas que aperta. Sorri e pede desculpa pela mão de árido tato. Numa tentativa de a suavizar da sua história, passa a mão pelo pano.

Sem que vejam, deslizo a minha mão, a que apertou a de Kabetula, pelas minhas calças. Tentativa para a limpar.

Recebo o saco e o contacto do seu filho Pedro. Kabetula, por várias vezes, une as mãos e agradece. Diz-nos que, quando formos à ilha, perguntemos por ele. Vai arranjar-nos bom peixe. Estende o seu largo sorriso e despede-se.

— Só mesmo nós, pobres, para viajar com comida. Leva isso na mão, senão tudo fica com cheiro de peixe — aconselha Nádia, enquanto se afasta o mais possível do saco às riscas.

Perto da hora do embarque, Zé Maria aparece. Desculpa-se pelo atraso. Justifica-se que levou a Georgina a casa e que, depois, uma coisa puxou outra.

"Não perde uma", penso.

— O general quer falar consigo. Aguarde um segundo. A conversa com o general é clara. Devo mantê-lo a par das minhas buscas. Se precisar seja do que for, devo avisá-lo. Despeço-me de todos com muitos abraços.

Kabetula nunca andou de avião. Gosta de ir ao primeiro andar do aeroporto e imaginar-se a pilotar um deles. Divaga por entre os destinos possíveis, os amigos e a família que irá levar consigo. Quer usar o uniforme e o chapéu de comandante de avião. Vai ter sapatos de couro brilhante e feitos à medida dos seus pés largos. Entre as hospedeiras, escolherá apenas as mais bonitas e com boa carne. "Um kota também tem direito a sonhar, não tem?!", pergunta-se de modo retórico e deixa-se prolongar no cosmos da sua imaginação.

Olha para o relógio. A hora de partida do voo para o Huambo aproxima-se. Vai ficar a ver as asas a planarem no ar. Só depois vai embora apanhar o candongueiro, decide.

Não tem de ter pressa. Até a mulher sair da venda do peixe e o almoço estar servido na mesa, falta muito. Antes vai ainda passar no compadre para beber uma kissangua bem gelada.

Kabetula gosta de observar os viajantes. Imagina-lhes a vida que levam e a que tentam esconder. O mestre sabe que a aparência é enganadora. Confia mais na ausência da luz que revela a sombra.

O embarque para o Huambo finalmente começa. "Muita gente que vai", repara Kabetula da varanda onde está. Franze os olhos e procura, de entre os passageiros, a jovem que leva a encomenda para Pedro. Pergunta-se: "Que irá ela fazer ao Huambo?". "Um olho para cada lado, foi luta entre os pais", conclui.

Encontra-a. Contorna-lhe o traço da sombra pequena e fragmentada. Não chega a tempo de lhe desenhar os pés. Outras sombras misturam-se com a dela. Criam uma mancha viva que agitadamente avança pelo chão. Imagina-se a desenhar-lhe os pés. Kabetula prossegue a esboçar outras sombras, até que todas elas desaparecem e voam pelo céu.

Para o mestre Kabetula, o choro da vida antecede o da morte. A vida é o sopro de uma meia verdade, aquela que não vive na sombra.

A hospedeira indica que me devo sentar no lugar "1 A" do avião. "Romena não brinca em serviço", reconheço. Da carteira, tiro a fotografia. A textura dela é semelhante à de um postal turístico serrilhado em todo o seu perímetro. O tempo tinha abastardado as cores originais do preto e do branco. As cores mestiçaram-se. Agora o preto é cinzento-escuro, e o branco, bege encardido. Na imagem, a mãe enquanto jovem. Usa um lenço a tapar-lhe o cabelo. Sobre o lenço, um chapéu que me lembra o do Sinhozinho Malta da telenovela *Roque Santeiro*.

Tem as calças dentro das botas. Estas dão-lhe pelo joelho. Usa uma camisa de manga curta com dois bolsos à frente. Por toda a fotografia, minúsculas marcas de humidade. A mãe está encostada contra uma cerca de madeira. Segura uma espingarda. Tem um ar feliz e confiante. O oposto do meu.

Os meus dedos caminham pela fotografia. Sou "cega" e procuro na fotografia os relevos da sua identidade. As papilas dérmicas dos meus dedos rememoram as comparações tantas vezes feitas ao espelho. A impressão digital é imutável, mas, e a nossa história? Sabia-me incompleta. Feita pela metade. A outra metade ainda mais desconhecida: "Incógnito", como registado na minha certidão de nascimento. Uma biografia ausente de mãe e pai.

Na parte de trás da foto, a dedicatória para o avô: "Para o papá, com todo o meu amor. Silva Porto, 30 de junho de 1959". A mãe escreve em maiúsculas, sem pontuação ou acentos. Assina Rosa Chitula QdF. É uma assinatura inclinada e de formas angulares. A mãe tem punho que dá pressão e firmeza constante à sua letra. De tão gravada que está a sua caligrafia no meu coração, sei-a de cor.

A voz de cabine informa que vamos iniciar a descida para o aeroporto do Huambo. Do topo do mundo, o sol havia misturado numa nuvem o azul do céu com gotas de amarelo. Depois, ao seu alvedrio, lançou a mescla à terra e borrou o planalto com manchas verdes heterogéneas. Da compridez e largueza da planície verde e fértil brotam morros. A quem de cima olha para os morros, estes parecem pedras espetadas no chão.

# 19

O avião lança o seu trem de aterragem. A pista esburacada faz com que trepide. Fico com náuseas. A aterragem acontece em segurança. Desordenadamente, os passageiros levantam-se e preparam-se para sair do avião quando ainda não está completamente parado. Antes de me levantar, procuro relaxar e alinhar os pensamentos. Sou a última a descer. Corro escadas abaixo. Com força, assento os pés no chão e deixo que calquem a terra de onde há tanto tempo se tinham desenraizado.

Os pais do sobrinho da vizinha de Romena, Alice e Martinho, aguardam por mim na área das chegadas. Agradeço a hospitalidade, mas, ao contrário do acordado, informo que não irei ficar com eles. Tenho como intenção ir, diretamente, a casa de Juliana e, quando lá estiver, decidirei o que fazer. À convicção da minha resolução, ninguém levanta quesitos.

As ruas do Huambo são largas e com edifícios que, timidamente, revelam a sua glória passada. Olhando para os prédios, veem-me à memória os cartazes dos furos do café do tio Gervásio na Malveira.

"Uma bica para o avô e um furinho para a netinha", pedia o avô António. Depois pegava-me ao colo e sentava-me ao balcão. Do bolso da camisa, tirava a caneta, que sempre andava consigo, e passava-a para a minha mão. Demorava-me a fazer o furo no cartaz. Um único também não me chegava. O cartaz com os clubes de futebol ficava cheio de furos. Assim estão esses prédios de cimento armado, perfurados pela guerra. Na pior das hipóteses, o meu prémio era um chocolate. A luz vespertina aparece de esguelha e funde-se com as brasas de carvão dos fogareiros na rua. Chegou a hora de assar banana e batata-doce.

Os meninos do Huambo, de barriga inchada e umbigo saído, vão-se juntando ao chamamento da refeição. Não se assemelham aos meninos do Huambo de Manuel Rui, cantados pelo Paulo de Carvalho, ou, pelo menos, como os tinha imaginado. São os meninos do bairro negro de Zeca Afonso, da periferia de Lisboa. Uns estão sentados no chão, e outros em latas vermelhas de óleo de palma. Matam a fome que ainda não matou a esperança que sobrevive da fé.

Chegamos à casa número onze da rua Três. Esta é uma pequena vivenda de dois andares rodeada por um muro atamancado. Reparo que a estrutura de cima não faz parte da construção original. É um segundo andar defeituoso e de outro tom de rosa. Nas cinco janelas da casa, as portadas de madeira velha e remendada estão fechadas e protegidas por grades. No pátio da entrada, um pequeno milheiral.

Estacionada junto ao passeio e à frente do portão, uma carrinha aberta. Pela descrição feita por Georgina, reconheço a carrinha de Juliana. A porta está entreaberta e o pátio, molhado. Estranhamente, ninguém parece estar em casa.

Peço a Martinho que aguardem por mim. Entro sozinha. O que, possivelmente, seria a sala de estar de uma família havia-se transformado num dormitório. Num dos cantos da sala e alinhados contra a parede estão finos colchões. Ao lado, cuidadosamente arrumados, lençóis, mantas e algumas almofadas. Também vejo mesas, cadeiras e bancos encostados. Percorro a extensão da sala e vou espiar os risos que me chegam dos fundos.

Estão sentados em estilo plateia, no chão do quintal. A maioria não repara que estou ali no topo das escadas. Outros olham para mim, mas não reagem. Assistem a uma peça de teatro caseira que em tudo se assemelha a um filme mudo de Charlie Chaplin. Uma das atrizes usa um bigode falso e uma cartola improvisada. Riem com os trambolhões e palhaçadas da peça. Por vezes, o riso confunde-se com o choro. Na sobreposição de sons, fico com a dúvida se querem chorar ou rir. Sem saber bem o que fazer, sento-me no primeiro degrau das escadas. Aguardo que o teatro acabe. Leva tempo. Demoro a entregar-me ao desfastio da ocasião. Porém a ele acabo por me doar. A peça termina e todos se levantam. Dou passagem para que possam ir para dentro. Não perguntam quem sou, nem o que estou lá a fazer.

Uma presença, que nada faz para se anunciar, cola-se aos meus ombros. É como uma força estática, causando-me pressão. Olho para o chão e vejo-lhe a sombra, que, por sinal, se mostra demasiado íntima. Talvez seja Martinho ou Alice. Já me conhecem e, por isso, tanto um como o outro estariam confortáveis em ali estar, sombreando as minhas costas. Contudo, isso não os impediria de fazer um barulho tímido, uma saudação ou um toque leve no ombro. Não o fazem.

Na divagação das várias possibilidades, o que tento ocultar de mim é que, provavelmente, é Juliana. Viro-me. A entrada está vazia.

Volto para dentro. Da ombreira da porta principal, uma mulher de pequena estatura fala com Alice e Martinho. Juliana está apoiada numa bengala. Ao ver-me, Martinho sai do carro e tira as malas. Aproximo-me.

— Fica bem entregue — garante-lhes Juliana olhando para mim demoradamente.

Fico constrangida e tento justificar a minha presença na sua casa, dizendo que sou filha de sua camarada Rosa Chitula. Juliana pede que entremos.

# 20

Na sala principal, as mesas articuladas já tinham sido montadas para formar uma longa mesa de jantar. Os lugares sentados têm a sua ordem. À cabeceira da mesa fica Juliana. Junto a ela sentam-se as crianças e, só depois, as mulheres. Não sou apresentada. O jantar é um caldo amarelado com gosto a milho, acontece de forma rápida e silenciosa. Com a mesma rapidez com que as mesas tinham sido montadas, são desmontadas e arrumadas no mesmo canto.

As crianças, com as suas brincadeiras, tomam conta do espaço livre deixado na sala.

Uma negra alta aproxima-se e apresenta-se. Chama-se Nandundu e pede que vá com ela catar água.

No quintal, Nandundu tira a madeira velha que tapa o poço. Começa a encher os baldes e pede que os carregue para a cozinha. São pesados. Na cozinha, devo deitar a água no bidão azul e regressar ao poço. Conto nove viagens.

Os braços e os nós dos dedos doem-me e o suor escorre-me por todo o corpo. Sinto a roupa colada à pele.

Preciso de tomar um banho. Na casa, a iluminação é feita com candeeiros a petróleo e algumas velas. Estou exausta. Vou ter com Juliana, que me orienta o caminho.

Na mão, leva uma vela acesa e fixa a um pires com a sua cera. Abre o portão que separa o piso de baixo do de cima. Volta a trancá-lo e subimos para o segundo andar. Sinto-me claustrofóbica e presa, mas não digo nada. Abre a porta de um dos quartos e, com a sua voz espessa, indica-me que é ali que vou dormir. As minhas malas já lá estão. Vou partilhar o quarto com Mariquinhas. Debaixo da cama está um penico. Não posso usar a sanita do andar de cima, pois não funciona. Mostra-me onde fica a casa de banho.

— A água está no bidão e a caneca na banheira — esclarece, acrescentando: — Poupa água.

— Já me habituei.

— Ao quê?

— Banho de caneca — rio-me tentando romper com a distância que Juliana parece querer manter entre as duas.

— Oito e meia, está pronta. Vamos à missa. Boa noite.

Dá-me a vela e desaparece pelo corredor de onde tínhamos chegado. O escuro e o medo entorpecem-me. Tomo um banho de água fria e vou para o quarto. Adormeço de seguida. Dou por mim a acordar sobressaltada. Desoriento-me. Demoro a entender onde estou. Mariquinhas já está no quarto. Dorme na cama do lado. O tempo parece não ter passado. É um assassino em série de todas as memórias e pensamentos que possam trazer-me calma e paz. Sinto a cabeça acelerada. A melancolia, a ansiedade, a dúvida e a mágoa são névoas que me toldam o raciocínio. Preenchem os sessenta espaços vazios que cabem numa hora em que nada se tem para a fazer. Só pensar. Voltar atrás, ao que já foi, ou ir para a frente, divagando no que possa vir a ser. Sei que é um erro, mas não o consigo evitar. Queria ter aqui a avó para me dar a mão. Tenho medo. Oiço Mariquinhas a mexer-se. Acorda para beber água. Eu finjo que durmo. Não tenho coragem para lhe pedir que me dê a mão.

# 21

O dia começa a querer nascer. A aurora tinge de laranja as paredes da casa e fragmenta-se nas cortinas do quarto. Vitória levanta-se. Abre a mala com o máximo de cuidado. Retira a roupa que vai vestir e a bolsa de plástico onde está a tesoura. Tranca-se na casa de banho. Mamã Ju também já acordou. Deixa-se estar na cama a escutar o que os katuites cantam. É fome? Procuram namorar ou dizem este ramo é meu? Cantarolam alegremente anunciando um novo dia até que, sem aviso, todos param. Levanta-se e vai espreitar à janela. Está a abri-la quando repara que, no parapeito, está um deles estendido de barriga para cima. "Um pássaro morto é só um pássaro morto", pensa sem se convencer e desistindo de abrir a janela. Põe o robe e decide ir buscar papel higiénico para o embrulhar e deitá-lo no lixo. Cruza-se com Vitória a sair da casa de banho. Vitória está com o cabelo curto. Surpreende-se, mas decide não o comentar, antes pergunta:

— Sabes como te chamas?

— Vitória.

Juliana entra na casa de banho e, antes de fechar a porta com um toque de bengala, acrescenta:

— O nome é o início da tua história.

A estranheza do momento é tal que Vitória mexe a boca, mas som algum é ouvido. Queria ter perguntado qual o início da sua história. Não teria valido de muito fazer a pergunta, que teria esbarrado contra a porta, prontamente fechada por Juliana.

No balde do lixo da casa de banho, Juliana vê as mechas do cabelo de Vitória. O gosto adstringente que sentiu na garganta quando se inteirou de quem ela era filha já tinha desaparecido. Talvez fosse essa uma boa-nova do destino. O pássaro morto no parapeito também estava explicado: Vitória começava um novo ciclo.

Está arrependida de ter sido rude com Vitória. Sabe que o erro e a culpa não são heranças que se devam cobrar. Tem o dever de ajudá-la a encontrar a mãe, assim o está a mostrar a vida.

Regressa ao quarto e tira o pássaro do parapeito. Desce e vai enterrá-lo na quinta.

## 22

A claridade do dia é já sólida. Vitória tenta desembaralhar-se da irritação provocada por Juliana. Não quer uma conversa de tirar nabos da púcara ou brincar às adivinhas. O seu passado é um direito seu. É pessoal, privado e intransmissível. Mesmo que possa pensar ser um lugar-comum nas histórias da guerra. Mas não quer atritos com Juliana. Afinal de contas, tinha acabado de chegar sem aviso e instalara-se na casa. Vitória decide ignorar o sucedido e entra no quarto. Mariquinhas já lá não está, ao contrário do cheiro a peixe seco que está por todo o lado. Sente vontade de vomitar. As dores que sente no corpo intensificaram-se. Vitória abre a janela para que o ar fresco entre e o cheiro a peixe seco saia.

Depois do mata-bicho de chá preto com papas de milho, iniciam-se na caminhada pela terra batida com destino à igreja. Vitória não se sente melhor, mas guarda para si o seu mal-estar. Caminham por uma estrada com bermas de capim alto. Por vezes, passam uma mota ou duas motas. Quando isso acontece, a poeira levanta-se. Ninguém segue em sentido contrário à marcha que se desloca para a igreja. Ao longo do caminho mais pessoas se vão juntando. Seguem a pé ou em transportes improvisados.

Um antigo carrinho de mão fora adaptado. À roda e à estrutura metálica dos dois braços vai presa a carcaça de um sofá velho. Nele, vão sentadas mãe e filha. As perninhas dela abanam na beira do sofá, as da mãe não. Nem se vêm as suas pernas, porque elas não existem. Não é a única assim, Vitória repara serem muitos os mutilados que seguem em direção à igreja. Recorda-se das notícias de Lady Di a "passear-se" por um campo minado, onde bandeirinhas triangulares vermelhas assinalavam o perigo de morte. Por onde Vitória caminha não existem alertas, mas a morte sente-se por todo o lado. Fala-se pouco. Com a exceção de escassas palavras, partilham interjeições. Tudo o resto afigura-se ser descortinado na troca de olhares.

"Gente mais calma do que a de Luanda", pensa Vitória. Quando chegam, a igreja já está quase cheia. Do grupo de Juliana, umas entram e outras ficam do lado de fora. Vitória quer fresco e, se possível, encontrar um sítio numa sombra para se sentar. Está febril.

Fora da igreja, os fiéis estão sentados no chão. Uns circundando a entrada principal e outros indo para debaixo de uma grande árvore com copa volumosa e verdejante. Não se vê o sol. Porém a acanhada brisa húmida que corre não dissipa o calor.

Com a sua máquina fotográfica, Vitória regista a imagem simples e bonita da igreja. Decide também ela "ir ter" com a sombra da grande árvore. Encosta-se ao tronco. Com todos acomodados, a serenidade é total. Dois ou três minutos depois, o silêncio é vagarosamente ocupado por vozes que brotam de dentro da igreja e se dispersam cá fora. Com brandura e maciez, começam a cantar em uníssono.

A cadência das vozes traz a Vitória a lembrança do mar a bater nas rochas da praia. Encurva-se seguindo uma onda que chega à costa. Tem a cabeça pesada e o suor a correr-lhe pelas fontes. Olha para os pés, e estes embaraçam-se nas raízes da árvore. Deixam de cantar. A toada de palmas é o mar agitado que inunda a praia. Vitória sabe que delira. Fecha os olhos para fugir à luz que os fere. É então que se vê pequenina, no chão, contemplando a mesma árvore. Perde o equilíbrio e cai.

O desmaio, apesar de inesperado, não é aparatoso. Na realidade, quem está ao seu lado demora a perceber o que se passa. Deitada no chão e com a cabeça contra a árvore, Vitória recupera os sentidos. Reparam que está bem. Abrem espaço à sua volta e ajudam-na a sentar-se contra o tronco da mulemba. A cabeça pesada contrasta com a sensação de ter o corpo a flutuar. Quando regressa a si, Vitória tem a cabeça no colo de Juliana. Pela trepidação e pelo barulho, percebe que estão dentro de um carro.

A contrição e o medo voltam a dominá-la:

— Não quero morrer.

— Antes não deixei. Não vai ser agora.

— Dê-me a mão.

Vitória quando sente os dedos de Juliana entrelaça-os. Perde o medo e volta a fechar os olhos.

# 23

A malária faz com que Vitória fique oito dias de cama. Durante esse tempo, são poucas as vezes em que Juliana saiu do seu lado. Os medicamentos que tinha na mochila e os chás de folhas e raízes de Juliana conseguiram fazer com que a febre alta baixasse. Logo depois, as dores insuportáveis no corpo também desapareceram.

Da cama, Vitória vê chegar o tempo da colheita dos loengos. Está a dormitar quando sente o sangue a ser invadido pelo aroma doce das compotas feitas com a avó. Freia o pensamento. Recua vorazmente. Paralisa-se naquele tempo e agarra-se à memória harmoniosa da normalidade: fazer compotas de fruta, raspar o tacho com a colher de madeira, passar o dedo e levar o doce ainda quente à boca.

Se a avó Elisa não estivesse a ver, arrastava vezes sem conta a língua pela colher. Uma nojice saborosa. Na circunstância da pressa para não ser apanhada pela avó, acontecia que se descuidava e aproximava demasiado a colher da ponta do nariz. O doce escorria até ao sulco dos seus lábios, e o aroma morno e a fruta adocicada intensificavam-se. O nariz sujo com compota denunciava a malandragem. A avó Elisa pegava no pano e às "chicotadas" corria com ela da cozinha.

A recordação é tão intensa que parece perfumar o quarto. Vitória põe a língua para fora e degusta o açúcar que está no ar. "Estão a fazer compota", pensa entusiasmada ao sentir o estômago vazio.

A sua vontade é levantar-se e descer como está. Pensa nisso, mas não o faz. A caminho da casa de banho, ouve crianças na rua a assobiar. Aperta os lábios e deixa o ar passar, tentando criar a mesma música. Acordou bem-disposta. Olha-se ao espelho da casa de banho. Perdeu muito peso. Passa as duas mãos pela cara e pelo cabelo curto. O pescoço está esguio e as suas bochechas desapareceram. Simulando uma voz que não é a sua, pergunta apontando o dedo em direção ao espelho:

— Quem é essa encardida com cabelo de palha-d'aço?

Faz uma outra voz feminina caricaturada e acrescenta:

— Queres Sonasol para limpares a pele, café com leite? — E ri-se de forma perversa. — Ah! Ah! Ah!

— Fi-lhas da pu-ta — soletram os seus lábios, movidos pela raiva súbita que sente ao lembrar-se do quanto gozavam com ela no internato.

Afasta-se do espelho. Não precisa dele.

Com ternura, Vitória ameiga a pele dos braços e das mãos dizendo em voz alta:

— No verão, eram só elogios! O tom de pele não é moda. Putas!

Quando desce, a manhã já está a terminar.

— Bom dia! Cheira bem — elogia quando chega à porta da cozinha.

Nandundu está tão concentrada a lançar lenha para dentro do fogão que o susto ou a alegria de ver Vitória faz com que quase caia de cu.

— Aleluia, meu Pai! Aleluia! — exclama Nandundu com gáudio.

Com dificuldade levanta-se, limpa as mãos num pano e dá um abraço apertado a Vitória. Puxa um banco e pede:

— Senta aqui, senta. Culpa minha, né?

— Como assim? — responde Vitória confusa.

143

— Foi a água que foste catar comigo — lamenta-se quase chorando. — Ficaste muito mal.

— Já cheguei doente de Luanda. Não fiques assim. Estás a fazer doce?

— De loengos. Queres?

Enquanto Nandundu prepara o mata-bicho para Vitória, conta-lhe as novidades:

— Amanhã é a festa de mamã Ju. Faz anos. Estou a fazer os bolos.

— Não tenho nenhum presente para ela.

— 'Tás boa. Mamã Ju vai ficar contente.

— Quantos faz?

— Cinquenta e nove. Foram na feira.

— A que horas chegam?

— Já, já estão de volta — entusiasma-se Nandundu esfregando as mãos.

— Tinha no quarto um saco plástico com peixe seco. Sabes onde está?

— Mamã Ju entregou no Pedro. Vais conhecer. Ele é simpático. Não contes, mas Mariquinhas assim que o viu lhe gostou. Pedro não lhe dá confiança.

Nandundu coloca o prato com os pães e o doce na mesa. Aos tropeços, ganha coragem e pergunta:

— Cortaste o cabelo assim, porquê?

— Não sei. Vontade, acho.

— Os teus lisos compridos eram tão lindos. Olha só para essa carapinha — e aponta para o seu cabelo. — Essa coisa não cresce.

— Cortei o mal pela raiz. Não gostas?

— 'Tás assim... Como devo dizer..., outra pessoa.

— Que dia é hoje?

Três buzinadelas curtas e musculadas anunciam a chegada da carrinha de Juliana.

— Três de outubro. Vou lá ajudar — Nandundu atesta a intensidade do fogo e sai a correr da cozinha. Vitória vai a levantar-se, e Nandundu dá-lhe um bafo, empurrando-a no ombro:
— Fica mazé quieta!
Vitória não o faz. Numa assentada, põe o pedaço de pão que falta comer na boca e empurra-o para baixo com um golo grande de café preto. Está já a sair da cozinha, quando freia e recua. Procura a colher de pau com que Nandundu minutos atrás mexia a panela de doce. Encontra-a repousada no alguidar. A parte côncava da colher está vermelha. No seu rebordo estão agarrados montinhos de açúcar cristalizado.
Vitória põe a colher no fundo da panela e tira de lá uma raspa de doce. Quase que queima a língua. Sopra e logo passa o dedo pela colher levando o doce morno à boca. Volta a pôr a colher no alguidar. "Há coisas que nunca vão mudar", considera enquanto acaricia o seu cabelo virgem e vai em direção ao portão.
— Bons olhos te vejam. O importante é andarmos de pé! — brinca mamã Ju dando um abraço a Vitória.
Vitória tira-lhe os sacos e vão juntas para dentro de casa. Enquanto isso, Mariquinhas e Nandundu descarregam as grades de cerveja.
— Mamã Ju, finalmente, como me chamo? — quer Vitória saber.
Esta, que é curvada, endireita-se para conseguir chegar com as mãos à face de Vitória e responde:
— Wayula. A que venceu.
A tarde é passada nos preparativos para o aniversário. Pedro, o do peixe seco, também dá uma ajuda. Com o seu candongueiro, leva cadeiras e mesas para o local da festa.

# 24

O céu está limpo, e a lua crescente segue acima do horizonte. Vai a meio do céu, quando Juliana e Vitória se sentam no banco do alpendre. Bebericam chá frio de caxinde. Deixam-se estar em silêncio a olhar a lua. Os últimos raios de sol aquecem a pele de Vitória. Sente-a espevitar e a ganhar vida. Àquela hora, a rua fica agitada. As crianças regressam da escola e os vizinhos, dos seus afazeres. Para Vitória, as últimas semanas não tinham sido como o slogan da Rádio Nostalgia: "Bons tempos, grandes canções". Quando, pela primeira vez, falou com Juliana, achou-a antipática, feia e martelada pela vida. Não mais. O amor que Juliana dá suaviza-lhe o feitio e as feições.

Por fim, e após estarem a contemplar o final do dia, mamã Ju decide-se a falar:

— Ainda me lembro do dia em que fui levar-te aos teus avós. Tinha tanta fome. A vossa casa era muito bonita.

— Mostra-me onde fica?

— Sei o sítio. A casa já não existe. Começo então a contar a tua história?

— Comece primeiro pela sua. Quero conhecê-la.

À narrativa antecede um prólogo:

Mamã Ju considera que, na guerra, a morte pode até ser o melhor destino. Ela ou o esquecimento. Está viva e nunca se esqueceu. Para ela, a guerra ainda não tinha ficado para trás.

Conta que nos primeiros combates não se acredita na truculência da guerra. Vivesse da utopia, do sonho. Isso acontece até que se tenha de matar para não se ser morto. Na guerra, matar não chega. É massacrar, torturar, mutilar e violar.

— Aqui, no planalto central, o diabo arrendou a terra. De-mos-lhe muito ongongo. Não importava quem estava na frente do cano. Era disparar em todas as direções e matar — mamã Ju tapa os olhos lamentando-se. — A guerra é um grande fei-tiço. Ficamos todos cegos.

É a primeira vez que Vitória ouve alguém falar-lhe aberta-mente da guerra. O propósito de mamã Ju não é chocá-la. É partilhar com ela a sua verdade.

Na família de Vitória nunca se falou da guerra em Angola. É tabu.

Mamã Ju continua:

— Pessoas que tu conhecias, de repente, viraram demó-nios — lamenta-se.

O silêncio instala-se. Vitória não contesta. É um final de dia tranquilo. Só as roupas penduradas no estendal parecem que-brar o remanso que se sente. Fazem-no pachorrentamente, com a ajuda da aragem. Mamã Ju bebe um golo de chá para despren-der o nó que se começa a formar na garganta. Desamarra-o.

— Os meus pais não entendiam. Eram negros assimilados. Tinham alguma educação e privilégios. Achavam que eu que-ria morder a mão de quem nos dava de comer. Eu não pensava o mesmo. Era muito o abuso que nos infligiam. Nunca acei-tei injustiças.

Conta mamã Ju que decidiu juntar-se à guerrilha quando viu uma mulher na rua a ser pontapeada e esmurrada por um capataz branco. A preta, que é a mulher de que aqui se fala, com a porrada que levou, desmaiou na calçada portuguesa. Ninguém fez nada para a defender.

— Nem eu — desvia o olhar e continua. — Fiquei ali parada, tipo parva. Senti muita vergonha. A verdade é que ainda sinto vergonha por não ter defendido aquela mulher.

— Não se culpe. Já passou.

Mamã Ju não reage às palavras de Vitória.

— Passado nem um mês, a Guiné ficou independente. Fui a um comício para celebrar a vitória dos camaradas guineenses.

— Quantos anos tinha? — inquire Vitória.

— Quase dezanove. Como muitos outros já não regressei à casa.

— Foi para onde?

— Juntei-me à fração. Nos puseram primeiro num barracão, escondidos, e depois fomos para o Congo Brazzaville. Nem sei como aguentei aquele treino militar.

— Podias ter desistido.

A voz quebradiça de Juliana queixa-se:

— Queria justiça! Igualdade. Um país para todos — recorda-se alterando-se-lhe a expressão do rosto.

As crianças que brincavam na rua voltam para casa. Assim que passam o portão, correm na direção de mamã Ju. Disputam-lhe os abraços e beijos. Só depois as duas mulheres conseguem continuar com a conversa.

Mamã Ju senta-se e encosta a bengala à parede.

— Onde íamos? Ah! No treino para a luta da eyovo, independência — lembra-se e prossegue. — Me enfiaram num uniforme enorme. Recebi umas botas tão grandes, que tive de as encher com capim seco para as conseguir usar. AK-47 no ombro. Mochila nas costas, saltei no camião e fui... Na viagem, ninguém falou durante horas. Só olhávamos uns para os outros. Todos com os olhos muito abertos. Era medo. Muito medo!

— Não se sentia preparada?

— Não há preparação para o choque. Assim com os nossos olhos frente a frente, corpo a corpo? Nada! É duro.

As casas do outro lado da rua começam a ficar iluminadas. Os panos, que fazem de cortinas, dão palco às sombras que se movimentam no seu interior.

— Queres ir para dentro?

— Estou bem. Não se preocupe.

— Vamos esticar as pernas.

Levantam-se e encostam-se à parede a beber o chá.

— A vitória é certa. — Acreditava nisso. — Mas também podíamos ter feito as coisas de outra forma.

— Como o quê?

— Iam às aldeias e raptavam crianças para levar na mata.

— Para lutarem?

— Também, carregar e cozinhar. Nas meninas violavam. Tiravam a dignidade.

Mamã Ju senta-se e pergunta a Vitória se quer mesmo continuar a ouvir desgraças.

— Faz parte da história. Continua — responde.

Mamã Ju volta a levantar-se. As chaves, que leva presas ao cinturão, chocalham. Custa-lhe estar muito tempo sentada. A lua acomoda-se na parte do céu que mais lhe convém e, enquanto aguarda que Juliana continue, põe-se a escutar outras conversas na mesma rua.

— Os meus pais foram mortos no início de 1976. Quando recebi a notícia, já tinham sido enterrados. Chorei muito. Senti culpa e raiva.

— Sabes quem foi?

— Gente que os conhecia. Até frequentavam a nossa casa.

Vitória entendeu que Juliana falava da passagem da guerra colonial para a guerra civil.

— Os portugas devem ter achado: os pretos que se entendam. — Mamã Ju ri com ironia. — Deixaram-nos aqui para resolvermos nós os nossos problemas.

— A guerra é crime.

— Crime e miséria de alma.

— Crime permitido.

Baixam as duas a cabeça.

A luz final do dia desbota-se acabando por esvanecer-se por completo com a partida do sol.

Juliana sente humidade na aragem. Sabe que vai começar a chover.

— Vem! Ajuda-me a tirar a roupa da corda.

Caminham em direção ao estendal.

— Não achas que seguir os nossos sonhos faz cometer muitos erros? — questiona Vitória.

— Erros cometemos sempre. O maior é não seguir o nosso sonho — colmata mamã Ju.

Recolhem a roupa em silêncio.

Quando chegam ao alpendre, caem as primeiras gotas de chuva. São gotas densas como estalactites. Ao embaterem no chão, quebram e criam teias de água. Vitória e mamã Ju dobram a roupa e empilham-na em cima do banco comprido onde estavam sentadas.

— Vamos entrar. Ainda ficas doente outra vez.

Vitória pega na roupa e leva-a consigo para dentro de casa. Os copos onde bebiam o chá ficam esquecidos no banco. Na sala, a mesa já está posta. As crianças brincam no chão, e as mulheres estão ocupadas com a preparação do jantar.

— Queres loengos?

— Pode ser. Hoje comi a compota e gostei.

— Vou buscar loengos e subimos.

Uma criança agarra-se à perna de Vitória. Vitória pega-a ao colo. Sente-lhe a falta de peso. Parece perto de estar oca. Aninha-se nos seus braços com a pequena cabeça largada no seu ombro. Vitória imagina-se criança no colo da mãe.

Mamã Ju regressa com uma bacia de loengos, e vão até ao andar de cima. Entram no seu quarto. Risca um fósforo, acende o candeeiro a petróleo e deixa-o em cima da secretária, que está junto à janela. Encostada à secretária, uma cadeira de couro. Está gasta, mas faz a sua função. Numa outra cadeira, mamã

Ju tem a roupa. Tira-a e põe-na sobre a cama. Oferece a cadeira a Vitória.

A narradora não se perde e prossegue com a sua história.

— Conheci a tua mãe quando mudei de pelotão. Camarada Rosa Chitula. "Dinamite a própria." Era assim que se apresentava, com voz grossa de comando.

Vitória leva a mão à boca a querer tapar a pequena gargalhada.

— Dinamite? Que nome é esse?

— Nome de guerra. Tens horas? Daqui a nada servem o jantar.

— Um quarto para as sete — confirma Vitória no seu relógio.

— Sete horas descemos.

— Que idade tinha ela?

— Era mais velha do que eu. Devia ter uns trinta e tal. Lutámos juntas em setenta e sete.

— Vocês são da mesma idade. A mãe é de março e você de outubro.

Mamã Ju leva a mão à perna manca. Parecem surgir nela pensamentos contraditórios.

A quem esteja distraído o passar repetitivo da mão pelo joelho esquerdo confunde-se com carícias. Mas a pressão que mamã Ju deposita no movimento não escapa a Vitória, que concluiu não serem afagos. A mão empurra e recalca o que mamã Ju não quer pôr em palavras.

— Trinta e três — diz Vitória.

— Ficámos juntas na mata até que aconteceu o tiro e perdi-lhe o rasto.

Batem à porta. Mariquinhas informa que o jantar já está na mesa.

— Dá jantar nas crianças. Nós já descemos — orienta mamã Ju.

— Quer continuar depois? Sei que gosta de jantar com as crianças.

— Não te preocupes. Come um loengo — oferece mamã Ju, passando a taça de plástico a Vitória.

— Dinamite, porquê? — volta Vitória a questionar.

— Rebentava com tudo. Contavam que, de uma só vez, matou mais de metade de um pelotão da outra fração. Exagero, mas ficou a fama.

— Deve ter morto alguns.

— Era boa atiradora. Tinha uma espingarda com as suas iniciais. Ninguém podia tocar nela.

Mamã Ju deixa-se estar em silêncio e volta a tocar no joelho.

— Sente dores? Reparei que tem tocado várias vezes na perna.

— É a humidade — desculpa-se.

— A guerra maltratou-a — afirma Vitória, curiosa, mas sem querer fazer perguntas.

— A guerra, se não mata, mói.

Mamã Ju volta a aportar a conversa à camarada Rosa.

— Nem todos respeitavam a tua mãe. Como era mulher, sabes como é? O Palanca era um deles. Gostava de a humilhar.

— Mas as mulheres também combatiam — admira-se Vitória com o comentário.

— Mesmo assim. Achavam que éramos inferiores.

Mamã Ju está na dúvida se conta ou não conta a Vitória o episódio entre a camarada Rosa e o Palanca. Decide contar, pois é esse um acontecimento relevante na vida de Rosa e Vitória:

— O Palanca humilhava-nos. Um dia, a tua mãe fatigou-se e disparou para matar.

— O que ele fez?

— Queria dormir com ela.

Vitória encosta-se à cabeceira da cama e, com olhar perturbado, pergunta:

— O que lhe aconteceu?

— A quem?

— À minha mãe.

— O tiro matou o Palanca. Tivemos de comunicar à base. Ele era nosso superior. Não tínhamos como não.

— E depois?

— O irmão do Palanca, que era um chefão na base, na raiva, deu ordem para a matarmos. Nos reunimos, e a maioria decidiu que íamos deixá-la fugir. Infelizmente, alguém reportou à base e foram atrás dela.

— Que aconteceu depois?

— Na altura, não nos contaram mais nada. Depois, mais tarde, quando encontrei a tua mãe, ela nunca quis falar disso.

As palavras de mamã Ju não falam a verdade. Sabe o que se passou com Rosa. Não acha ser esta a altura para contar. Ainda é muito cedo.

Vitória sente a boca seca. Molha os lábios com a língua. O seu olhar confessa-se. Quer parar com a conversa. Mamã Ju entende e pede para irem jantar. Pega no candeeiro, mas já no corredor decide regressar ao quarto. Passa o candeeiro a Vitória. Tranca-se e senta-se na cama a chorar. Chora, como chorava na mata: baixinho e a cantar para dentro.

# 25

Ora o que aconteceu é que, de imediato, ninguém dá pela vizinha quando esta entra de rompante na festa de aniversário. Sabendo-se ignorada, posiciona-se a meio do salão do clube. Agora sim! Uma mulher em camisa de noite, rolos na cabeça, com o terror a saltar-lhe pelos olhos e aos gritos consegue parar a festa. A vizinha enche o peito e grita: "Fogo! Fogo! Mamã Ju tua casa arde!".

A madeira das portadas crepita. A vida calcina, e a sua ladainha percorre os ossos da casa. O calor aquece o estuque rosa que se solta tal qual farpas de pele. Do corpo original, começam a desmembrar-se pedaços do telhado. Aterram incandescentes no chão. São restos de uma bola de fogo. Nem sempre é assim. Outros pedaços, os mais teimosos ficam pendurados. Equilibram-se por uma frágil membrana que os mantém presos e a baloiçar no ar.

Pelas janelas, saem as labaredas que se agitam no ar. São como asas de uma gigante fénix. Porém a ave está aprisionada, condicionada pelas paredes da casa, onde as chamas se debatem. A habitação tenta a todo o custo resistir. Mantém-se, mas o fogo é voraz e persistente.

Quando os que estavam na festa de aniversário de mamã Ju chegam, juntam-se aos que já lá estão a tentar reverter a desgraça. Atiram-se baldes de água. O fogo despreza o esforço coletivo. Intensifica as chamas e a nuvem de fumo. Mais. Ninguém se consegue aproximar. Os convidados de mamã Ju, os vizinhos e os curiosos são espectadores da execução do destino empedernido. O cheiro da desgraça alheia atrai atenção. Um repórter e o cameraman aparecem. Não ajudam. Fazem o seu trabalho: testemunham e registam. Há gritos, há choros, há desmaios. De joelhos, Juliana bate forte com as mãos na terra. Tem as mãos fechadas. Com a força dos punhos tensos, lança-lhe golpadas. Surra-a com a violência da revolta. A terra compadece-se. Abrem-se fendas. Sangue, saliva, lágrimas e sedimentos fundem-se no excremento da dor. Sempre teve a força de cem mulheres. Isto no mínimo. A força a que aqui se faz referência não é a força física, é a força que vai além da matéria. Não mais. Morre depressa, vítima de ato suicida. Não que se tente matar. Não há corpo nem sangue derramado. É a desesperança que a transforma em cinzas. Em frente de todos, vira fantasma. — Ai, meus ricos filhos! Ai, meus queridos bebés! Aiué, que não aguento — soluça à medida que, vagarosamente, a visão da sua vida a arder a leva para o escuro. — *Ombweti yateka*, a bengala partiu — diz Mariquinhas. A bengala a que se refere não é um objeto. Muito menos é a bengala de madeira de Juliana. Essa está no chão. Encheu-se de cinza, é verdade, mas continua inteira.

Mamã Ju, a mãe que perde os filhos tornados seus. Não é mais mamã, é Juliana.

# 26

A tristeza e o desgosto são uma espécie de escuridão orvalhada que, quando escorrem, anavalhavam os olhos de Juliana. Esta ficou cega. Não vê a câmara que se lhe aponta ao rosto e lhe grava a intimidade sem manter a lonjura necessária para a respeitar.

No bulício generalizado do incêndio, Vitória desorienta-se. Corre de um lado para o outro. Tenta ajudar na contenção do fogo e a reanimar quem desmaia. As crianças já se sabiam idas. Não havia como salvá-las. As portas tinham sido trancadas por mamã Ju quando foram para a festa.

Agora não se lhes ouve a voz, o riso ou o choro. Porém, quem esteja com atenção sente no topo da nuca os passos leves dos seus pezitos. Vão descalços na assunção ao céu. São estes os mesmos pequenos pés que, naquela manhã, corriam energizados pela seiva doce das canas-de-açúcar compradas no mercado.

Aquela manhã de sábado começara cedo para Vitória. Não eram ainda seis e meia da manhã quando mamã Ju bateu na porta do quarto. Vitória não a reconheceu de imediato. Era outra pessoa. Explica-se: estava maquilhada, penteada e usava roupa colorida.

Tinha os grossos lábios pintados com batom vermelho. A boca era um coração mal contornado. Evidência da falta de prática. Na linha da água dos pequenos olhos, desenhou a lápis um traço preto que dava a ilusão de lhe cortar o olhar na horizontal. As suas usuais tranças tinham sido substituídas por caracóis. O novo penteado era uma coroa grisalha e hirta criada pelo talhe dos rolos com que pernoitou. Para estranheza de Vitória, mamã Ju também não usava calças. Vestia uma saia azul comprida e rodada. As suas ancas eram tal e qual uma estrutura de carne que criara uma silhueta volumosa. A saia combinava na perfeição com o estampado floral da sua blusa de botões.

— Bom dia. Antes de irmos ao mercado, tira-me uma fotografia.

— Feliz aniversário. Está muito bonita!

— Deixa-te de coisas — gaguejou mamã Ju com vergonha.

— Tiramos onde a foto? — perguntou Vitória.

— Vem. No meu quarto.

Vitória tentou que mamã Ju sorrisse. Mamã Ju esforçou-se. Quando isso acontece, a timidez faz com que torça ligeiramente a boca.

Vitória tirou algumas fotografias e mostrou-as.

— Não. Não. Haka! Não dá mesmo! — contestou mamã Ju.

— Estão bonitas — tentou Vitória convencê-la.

— Haka! Nem pensar. Pareço uma jinguba barriguda. — E acrescentou com humor: — Coisa boa da guerra é que não se engordava.

— Quer tentar outra posição? Talvez agora de frente — sugeriu Vitória.

Sentada no baixo beiral da janela, mamã Ju ficou mais descontraída. De pé, não sabia o que fazer com as mãos.

Os pássaros lá fora aproximaram-se. Ficaram no beiral a comer migalhas de pão.

A neblina matinal era branca e azulada. Mesclara-se com o azul da saia de mamã Ju para depois roubar e largar a cor por toda a assoalhada.

Quando mamã Ju ajeitou as pregas da saia, esta subiu e revelou as sandálias ruçadas que estava a usar. A câmara de Vitória evitou-as.

— Já escreveste a carta? — perguntou enquanto cruzava as pernas e tentava não se mexer.

— Preciso escrever com calma. Segunda está pronta.

— Quando fores ter com os antenas de pesquisa, leva a fotografia da camarada Rosa — reforçou mamã Ju enquanto colocava ambas as mãos na cintura.

— Fique quieta. A modelo está a mexer-se muito — brincou Vitória fazendo poses.

Vitória ligou o flash da câmara e deu dois passos para trás. Achava ter encontrado o ângulo perfeito. Estava certa. Mamã Ju era um retrato projetado na janela.

Tirou uma única fotografia. Olhou para o visor da câmara e entusiasmada passou-a para mamã Ju dizendo:

— Desta vai gostar. Veja.

— Essa sou eu? Estou mesmo bonita — surpreendeu-se a modelo.

— É bonita — corrigiu Vitória.

— Vou mudar-me para irmos ao mercado.

No mercado, compram o que falta de comidas para a festa. É um mercado montado na terra vermelha. Em bacias de diferentes cores ou apenas sobre um pano estendido no chão estão hortaliças, cenouras, quiabos, tomates, cebolas, mandioca, banana-pão, abacates, canas-de-açúcar e batata-doce. Por entre eles há também outras frutas, legumes, folhas, raízes e tubérculos que Vitória não reconhece e, por isso, aqui não lhes é dado um nome.

Mamã Ju compra vários sacos de farinha de milho branco e mandioca.

— Festa sem funje não é funje — comenta com a vendedora quando lhe conta sobre o boda que vai acontecer naquela noite.

Ao longo do mercado e em sítios estrategicamente resguardados, estão as kínguilas, as mulheres que trocam kuanzas por dólares e vice-versa. "Existem" aos pares tal qual siamesas.

De dentes cerrados, e quase sem mexerem os lábios, chamam por quem por elas passa "psiuuu... psiu" e, ao mesmo tempo, roçam o polegar no indicador. É como se estivessem a conta notas no ar. Dos bolsos, poder-se-ia ouvir um chocalhar de moedas, contudo, moedas não existem.

Vitória e mamã Ju caminham por entre a multidão. A bengala de mamã Ju é a batuta que rege os passos comedidos. Andam devagar. Vitória gostaria de ir mais depressa, mas não pode deixar mamã Ju para trás.

— Morta não está, pois não?

— O quê? — mamã Ju detém-se com intenção de compreender o que Vitória lhe perguntava.

— A mãe. A tua camarada Rosa Chitula. Achas que está morta?

A pergunta, que antes era pensamento, e antes disso mesmo mal-estar, não era nova. Vitória só nunca tinha tido coragem para a verbalizar. Não é que alguém pudesse com toda a certeza responder-lhe. Não era isso que importava.

— Fica com o coração leve. De certeza que está viva. Sempre foi rija — responde mamã Ju com candura.

— Está viva e nunca por nós procurou?! Nunca quis saber de mim?

A bengala fica outra vez imóvel e mamã Ju apoia-se nela para ganhar fôlego. Fixa o olhar na multidão de gente que se vai com elas cruzando. Depois, com esforço, olha para Vitória e diz:

— *Epute liukuene kaliukuvala*, cada ferida dói a quem a tem. Não julgues a tua mãe. Perdoa-a.

— Essa cicatriz que tem na perna foi um tiro? — A raiva encrespa-lhe a maldade. Vitória quer provar a razão do seu desgosto com a mãe.

— Foi.

— Perdoou quem lhe fez isso?

159

— Não há nada para perdoar. Foi merecido.

Um roboteiro carregado com sacos de carvão pede licença para passar. A conversa também pede licença. Assim sendo, é desviada e esquecida, mas ambas ficaram inquietas, porque a verdade pode causar sofrimento.

# 27

Na noite anterior à festa de aniversário, Vitória e mamã Ju tinham continuado a conversar. Enquanto o faziam, a candura das estrelas conquistava todo o céu noturno. No bairro, as ruas e as casas, que nos outros dias da semana tão cedo adormeciam, padeciam de uma pseudo-insónia exasperada pelos ritmos de uma noite de sexta-feira. Mamã Ju revivia o encontro com Rosa.

— Até lhe ter posto as vistas em cima, acreditei que estava morta.

— Quando se encontraram?

— Passados uns onze meses. Estava num kimbo. Escondida. Pensei que fosse assombração.

— Foi o destino — comentou Vitória.

— Não. Foi o episódio do Palanca. Não mais aguentei a mata. Consegui ser dispensada da frente de combate e fui apoiar a população. Distribuía propaganda, comida, roupas e medicamentos pelos camponeses. Não a imaginava ali naquela condição. Numa cubata. Muito doente e grávida.

— Sabes quem é o meu pai?

— Nunca fiz a pergunta, e a tua mãe nunca falou dele.

As músicas e as vozes que atravessavam a janela colaram-se à conversa. Mamã Ju pediu a Vitória que encostasse as portadas. Quando Vitória se senta, continua:

— Como falava umbundo, confiavam em mim. Uma mais velha veio pedir-me ajuda.

— Ajuda para a mãe?

— Sim. Na altura, não sabia que era ela. Disse-me que tinha uma sobrinha grávida que estava muito mal. Precisava de medicamentos.

— O que ela tinha?

— Mazelas grandes no ventre. Febre alta. Enfim... morriam vocês as duas ali.

— Reconheceu-te?

— Sim, mas assustou-se. Queria fugir.

Com as portadas fechadas, o quarto tornou-se mais escuro. Mamã Ju acendeu outra vela.

Sem aviso, a sombra de Juliana que se projetava na parede ganhou vida. A camarada Juliana levantou-se e endireitou as costas. Levantou a mão, e os dedos com firmeza tocaram na sua sobrancelha. Como se tivesse calçadas as suas botas militares, os pés bateram forte na madeira velha do soalho. Com esmerada convicção, posicionou a voz e bateu continência à sua camarada:

— Camarada Juliana Tijamba às ordens de sua comandante Rosa Chitula.

Uma lembrança desvelou-se no olhar. Vitória apiedou-se. Esbateu um sorriso que queria ser um morder de lábios. O desassossego da sua voz presa na garganta era a larva em luta que queria ser borboleta. Vitória admoestou a larva. Não deixando que ganhasse asas e a fizesse chorar. Só quando deixou de sentir que a voz lhe termia é que abdicou do silêncio e perguntou:

— Por que fez isso?

— Tua mãe precisava lembrar a força que era. Morria e tu ias com ela.

— Obrigada.

— Foi a única vez que lhe vi chorar.

— Sofria muito?

— Chiça! Como sofria. Via que ela não estava a aguentar. Era muita dor mesmo.

Juliana soltou o verbo e deixou-se ir evocações adentro. Vitória acompanhou-a. Foram de mãos dadas. Juliana contou também que, quando encontrou Rosa, ela já estava grávida de seis meses. Porém a barriga, de tão mirrada, parecia ser só de três. Foram a kisaka, o pirão, o dendém e a carne-seca arranjados por Juliana que ajudaram Vitória a crescer dentro da barriga de mãe. Na cubata, ela também deixava propaganda do partido. Rosa punha-a de lado. Fazia o mesmo com as roupas de bebé. Punha-as de lado, sem mesmo olhar para elas. Juliana oculta essa memória de Vitória. Há outras coisas que também não contou. Não lhe cabe a ela, considera.

— Nasceste no capim. Saíste pelos pés.

As palavras de Juliana rabiscaram a visão do seu nascimento, e Vitória sentiu uma aragem que lhe esfriou os pés. É como se a dormência tivesse voltado... só que não.

— O vento não te saía pela boca...

— Que vento?

— O da vida. Demoraste a chorar. A avó velha deu-te umas boas palmadas.

— Palmadas no rabo nunca fizeram mal a ninguém.

Ambas riram. Juliana parecia ter um pequeno leque de rugas que se contraíam e expandiam com o riso.

— Os meus olhos já eram assim? — questiona Vitória cruzando ambos os dedos indicadores.

— Já pareciam que iam ser tortos — lamentou o tom de voz de Juliana.

A pequena luz do candeeiro de petróleo principiou a desfalecer com compassada lentidão, indicando, portanto, que era hora para ir dormir. Juliana continuou:

— Depois a avó velha passou-te pela pele óleo de dendém com terra. Deu-te banho. Parecias um rato do mato. Pequenina, pequenina — e quase que junta as mãos para demonstrar a pequenez da recém-nascida.

— Foi banho de caneca? — troça Vitória.

Juliana boceja, pede desculpas e pergunta:

— Que horas são no teu relógio?

Com dificuldade, Vitória consegue ver as horas.

— Quase meia-noite.

— Saímos às sete e meia. Às seis, vou chamar-te.

— Wayula. Quem me deu o nome?

— A avó velha.

— Acha que ainda está viva?

— Não. Já era muito velha. Tinha uma pele muito brilhante e lisa. Reluzia com o sol. Devia ser do óleo de dendém que usava. O cabelinho branco e muito curtinho. Reclamava que era muito ocupada e não tinha tempo para fazer tranças.

— Cabelo dá trabalho — nota Vitória. — Que mais?

— Fumava muito. Se a queria ver bem-disposta, era dar-lhe tabaco. Fumava-os com a ponta acesa dentro da boca.

O barulho da música também deu sinais de cansaço e diminuiu quase por completo. Mamã Ju voltou a bocejar e olhou, várias vezes, para a sua cama. Vitória reparou e, deduzindo que a conversa estava terminada, levantou-se.

— Onde vais? Fica — pede mamã Ju. — Perdi o sono. Já passou da minha hora — disse com a voz revitalizada e um sorriso fresco. É como se ela tivesse ido até à cama, deitado a fadiga, a cobrisse com o lençol e voltado à cadeira de onde não se tinha levantado.

— Na minha certidão de nascimento, o meu nome é Vitória. Quem me deu esse nome?

— Não sei. Talvez os teus avós.

Mamã Ju continuou a contar de memória mais histórias sobre Vitória.

— Uma manhã voltei lá e vocês não estavam. Nem a avó velha. Fiquei muito preocupada. As cubatas tinham sido incendiadas. Perdi-vos o rasto. Tinhas uns oito meses.

A luz do candeeiro, por fim, apaga-se.

— Calculei que, para vos encontrar, tinha de encontrar a avó velha. Não foi fácil, mas consegui. Foi nessa altura que te deixámos com os teus avós.

— A mãe sabia onde eles estavam?

— Sim.

O silêncio de Vitória foi diferente dos outros. Mamã Ju soube-o e arrependeu-se de imediato. Ouviu Vitória a engolir em seco o peso da sua frase. Achou mais fácil ignorar, mas não conseguiu. Sentiu a consciência pesada e decidiu intervir:

— A tua mãe amava-te muito. Era sempre muito doce e cuidadosa contigo.

— Verdade?

Mamã Ju nunca tinha visto Rosa ser doce ou cuidadosa com a própria filha. Na realidade do que viu, existia da mãe para a filha recusa e repulsa.

— Verdade verdadeira. Dou-te a minha palavra. — E procurou no escuro a mão de Vitória para a agarrar.

— Quero tanto encontrar a minha mãe.

— Eu sei, querida. Vais conseguir. — E afagou-lhe a mão.

Há uma lágrima. Há uma lágrima que cai. É uma lágrima que cai no escuro. No escuro, perde-se a identidade de quem a verte. Na sua existência, mamã Ju achava que já morrera vezes sem conta. Vivia com os fantasmas do que já tinha sido. Os seus fantasmas não morrem e nunca chegam a envelhecer.

# 28

O repórter interpela Vitória:

— Você é daqui? Quer contar aos nossos espectadores, em Portugal, o que se passa? — Luís Duarte, jornalista da RTP1, estende a mão para cumprimentar Vitória.

Esta olha-o de esguelha, deixando a mão vazia, expectante por um aperto.

— Contar o quê? Não está já a gravar toda a desgraça — responde Vitória com rispidez.

— Ah! É portuguesa? — surpreende-se o jornalista ao escutar o sotaque.

Vitória quer esquivar-se à conversa, mas também não quer ser mal-educada. Respira profundamente, pensa duas vezes e responde:

— Sim. Quero eu dizer... Nasci aqui, mas cresci em Portugal... Bem, não...

— Não? Sim? O quê? — pergunta o repórter confuso e erguendo as sobrancelhas.

— Não quero falar para a televisão — esclarece Vitória com as palmas das mãos erguidas e encenando que afasta o pedido do repórter.

A experiência dá manha. Ardilosamente, Luís Duarte lamenta:

— É uma pena. Tenho a certeza de que se contar o sucedido não faltará ajuda do público português. Somos dois povos irmãos.

— Acha? — pergunta Vitória olhando-o de soslaio.

— É muito provável.

O isco lançado embrenha Vitória, e esta é entrevistada em frente à câmara.

No dia seguinte, Vitória lida com a morte. Ajuda na recolha da madeira que, não tendo sido destruída pelo fogo, vai servir para o fabrico dos caixões. Tem a sensação de estar ainda quente e a palpitar. Como se tivesse seiva. É fantasia. Não existe lá vida.

A rua em frente à casa é fechada dos dois lados. Transforma-se em sala de estar para acomodar toda a gente. O velório, sem corpos, acontece ali mesmo, na rua. As mulheres revezam-se nos cantos chorados e nas rezas. Foram buscar as comidas e as bebidas que tinham sido abandonadas na festa. Juliana bebe cachipemba sentada numa cadeira. Vitória não saiu do seu lado.

— Ouve só, N'zambi não gosta dos pretos — diz Juliana quebrando o silêncio. — Também não gosta de mim. Que castigo grande este que me dás, meu pai! Porquê? Porquê?

Vitória pronuncia-se, dando-lhe um abraço, enche os copos das duas e considera ser a vida muito frágil no que é essencial.

Escurece. A noite fica a pairar por cima da rua. Um grupo de anciãs aproxima-se. Trazem velas acesas. Caminham umas atrás das outras. Chegam em fila, batendo os pés e cantando uma ladainha. Os sunsumas acompanham-nas, seguindo atrás e marcando o ritmo. Juliana descalça os chinelos e levanta-se. De imediato, Mariquinhas surge para a apoiar. Orientada por Mariquinhas, vai para junto das anciãs chorar em canto.

Ao andar, Juliana agita as ancas. As chaves presas ao cinturão chocalham com o seu balançar. O barulho que fazem mistura-se com o rumor seco das palmas e as fortes batucadas. O ébano dos corpos parece multiplicar-se sem parar. Levanta-se muito pó. Como se este tivesse sido soprado para o alto por uma grande boca aberta na terra. Tudo parece se transformar em pó. O vento intensifica-se. Leva o pó ainda mais para o alto. Tão alto que empoeira as estrelas. "Laripooo", despede-se Juliana com o espírito a soluçar. Uma a uma, todas as vozes se juntam ao seu lamento. Os mortos estão com os vivos. Dançam, sacodem os pés e retinem os agudos do choro rasteiro. A sabedoria do kimbanda assim o garante. O kimbanda sorri e grita alto "Morrido, reconstruído e ressuscitado. Depois a nova vida, laripooo".

Nos olhos de Vitória, gotas de choro. Uma a uma, as lágrimas vazam-lhe pelos cantos dos olhos.

O komba dura dois dias. Depois da missa fúnebre, a vida não continua. Descontinua. O cordão umbilical que une a barriga da casa a Juliana é talhado. Deu-se a morte da sementeira.

Sem a casa, e na "ausência" da matriarca, fica cada um por si. Juliana cegou nos olhos e na alma. Não há como acomodar as mesmas pessoas. Com exceção de Mariquinhas e Nandundu, as outras mulheres, que até então estavam na casa, partem. Juliana acha que não precisa mais de ver. Acha também que não precisa de fazer uso das palavras para manifestar o que sente.

Desengane-se quem acredita que, pelo verbo, tudo se explica melhor. Muitas vezes, tem-se o entendimento sem se fruir das palavras. Se Juliana as possuísse, talvez fosse assim que as usasse, mas não há certeza: no tempo de paz, não deviam existir as desgraças do tempo da guerra.

Pedro, o do peixe seco, filho do velho Kabetula e dono do candongueiro, nem no funeral marcou presença. Foi Mariquinhas quem lhe notou a ausência. Tinha saído do aniversário de mamã Ju mais cedo que todos. Até agora não se lhe sabia o paradeiro. Nem sequer do seu candongueiro.

Não se compadecendo Mariquinhas, durante o funeral, juntou-se a mais duas kuribotas. Entre elas trocam probabilidades prováveis e improváveis. Vitória escuta-lhes a língua a trabalhar. Questionavam se tudo não teria sido feitiço de

Pedro. Se teria sido ele a lançar o fogo. Podia ser mulôji. De outra mulher, que o fez fazer isso, acha Mariquinhas.

— Pela Graça de Deus, parem de ser confusionistas — pede Nandundu com razão e voz eriçada.

Mesmo assim, a dúvida, como uma pulga, alberga-se atrás da sua orelha. Até então, não se tinha apurado a causa do incêndio. O mais provável é ter sido um dos candeeiros a petróleo ou uma vela mal apagada. Na circunstância, era pertinente não dar conversa e evitar, talvez, a perpetuação da incriminação. Vitória não se iria ocupar a deslindar a causa do incêndio. Tal como Juliana havia perpassado. Não importava. Não trazia ninguém de volta.

# 29

A lua cheia chega na noite de 10 de outubro. Pela quinta vez, Vitória tenta escrever a carta para a mãe. As palavras não encontram as feições do amor que quer expressar. Elas, as palavras, que antes floriam com espontaneidade na sua memória, estavam agora ausentes. Expectante, aguarda que lhe cheguem as letras que irão criar as falas que fazem justeza ao que sente. Não podiam ser postiças ou ser palavras reutilizadas. Quer palavras novas e só para a sua mãe. Mas tudo o que lhe chega ao íntimo é imagem de um abraço, ou é ela esse abraço. Como um parêntesis que guarda as reticências do que de si omite e cala. Quer saber porque a mãe tinha voltado a desaparecer. Não é capaz de definir com exatidão essa afeição intrínseca com um travo ácido a desgosto. Naquele lugar, aglutina--se o desconforto que não permite a caneta azul marcar, bordar, cravar o papel.

O papel é uma folha que pertence a um caderno. A capa da frente tinha sido cuidadosamente forrada com papel de embrulho. O fundo do papel é amarelo e está decorado com as cabeças de personagens da Disney. Vitória quando o recebeu, reconhece-as e, de imediato, sorriu. Eram o Pateta, o Pluto, o Pato Donald e o Mickey.

Desde que está em Angola surpreende-se com a aleatoriedade de artigos que ali aparecem e que, pela estranheza, parecem de outro mundo. Como, por exemplo, aquele papel, as latas de creme Nívea e revistas de moda escritas em inglês. Uma vez viu colãs coloridos a serem vendidos na rua. Não que fosse coisa que fizesse falta.

Vitória volta ao caderno e abre-o à procura de uma folha ou duas. As folhas são quadriculadas. Repara que a maioria das pontas das folhas, que agora estavam lisas e esticadas, têm marcas de vincos profundos feitos por dobras que lá já não estão. Porventura eram pontas encaracoladas, que tinham sido passadas a ferro para ficarem arrumadas. O caderno não lhe tinha sido entregue pela sua dona. No interior da capa estava cuidadosamente escrito o seu nome "Duína". Duína rodeia-se de pequeninas flores. As flores são círculos desenhados a caneta verde. Ao círculo maior unem-se a toda a sua volta outros pequenos círculos. São as pétalas. É como se criassem pequenos malmequeres.

Naquele caderno, Duína fazia contas, cópias e ditados. Por vezes, existiam alguns desenhos. Duína tinha uma bonita caligrafia e jeito para as artes.

Do caderno, Vitória arranca uma folha. Não quer escrever diretamente na folha presa ao caderno. É como se não quisesse deixar calcada a sua letra nas outras folhas de Duína. Tomou a guarda do caderno, mas não a posse. O caderno tem nome. Com dificuldade, arranca a folha que está presa pelas argolas amassadas. Estas fazem com que o picotado da folha saia incerto. Vitória tenta amanhá-lo, retirando todas as extremidades e assim criar um rebordo sem saliências. Não consegue.

Assim que se faz dia de segunda-feira, Vitória põe-se a caminho com a carta. O escritório improvisado da organização que procura por pessoas desaparecidas é uma tenda branca montada perto da igreja, ficando a uns dez quilómetros da casa de Juliana. Vitória chega ao local antes das nove horas, mas já lá se encontra uma fila desorganizada com mais de vinte pessoas. A tenda ainda está fechada. Enquanto se espera, trocam-se as procuras de paradeiro. Quem procura quem. Querem encontrar pais, irmãos, tios, primos ou amigos. Só por volta das nove e meia, quando chegam três rapazes, que vestem o colete da organização, a tenda abre. Dois rapazes entram. O terceiro fica na entrada da tenda a controlar a fila. Ordenadamente, os primeiros a chegar começam a entrar.

Já lá vão três horas quando chega a vez de Vitória. Não a deixam entrar. Delicadamente, é travada pelo rapaz que guarda a entrada. Na entrada da tenda, é pendurada uma placa feita de cartão com uma corda branca. Nela lê-se "Hora do almoço". Há quem abandone a fila. Vitória fica. A placa é retirada às catorze horas e seis minutos, quando Vitória entra.

Em cada uma das secretárias, um antena de pesquisa. O primeiro regista o nome, data de nascimento, telefone, morada, nome da pessoa que se procura e parentesco. Depois disso, é entregue uma senha com um número. Quinhentos e vinte e três é o número de Vitória. É então encaminhada para a segunda secretária.

— Número, se faz favor — pede-lhe o segundo antena de pesquisa.

— Quinhentos e vinte e três — responde Vitória.

— Preciso que me dê a senha, se faz favor. Pode sentar-se. — E aponta para a cadeira branca de plástico.

Vitória senta-se e aguarda que o antena de pesquisa termine de escrever o que quer fosse que esteja a apontar.

— Se faz favor, tem alguma mensagem, carta, fotografia ou documento que queira entregar para nos ajudar a encontrar... — E avança, com a cabeça para a frente, esperando uma resposta, sem, na verdade, ter feito uma pergunta.

— A minha mãe, Rosa Chitula Queiroz da Fonseca.

— Se faz favor, tem mais informações que possam nos ajudar no seu encontro?

Vitória copiosamente partilha toda a informação que pode ajudar a encontrar a sua mãe. Enquanto isso, o senhor

"Se faz favor" vai rabiscando os dados que considera relevantes na folha que tem escrito no topo o número quinhentos e vinte três.

Vitória entrega-lhe a carta e a fotografia da mãe para que este tire uma cópia.

— Se faz favor, acrescente a data, o local e a hora do dia de hoje — e passa-lhe a caneta.

"Huambo, segunda-feira, 20 de outubro de 2003." Escreve Vitória. A carta que entrega não corresponde às suas expectativas. Não é uma carta escrita num papel especial, e ela não tem uma caligrafia bonita.

Sai da tenda. As dúvidas encadeiam-se umas nas outras, crescem e formam pensamentos em remoinhos. Não sabe o que irá fazer com a sua vida. Por quantos meses mais continuará à procura da mãe, vai continuar no Huambo, regressar para Luanda? Acha que está como Zé Maria, Portugal já não é para si.

Mudou. Já não é mais a mesma pessoa.

Na mesma altura em que o entardecer desenha no céu o risco côncavo da lua, Vitória deita-se na cama militar articulada. Abre o mosquiteiro e atira-se sobre ela. Tem a barriga vazia, cabeça cheia e esboroada.

Encurva-se. Mingua.

Fecha os olhos e imagina-se fora daquela tenda, do Huambo e de Angola. Ironicamente, não sabe para onde ir. Deixa-se então a pairar por cima dos escombros da casa incendiada, como se estivesse no limbo entre duas vidas. Para ela, a vida tinha-se tornado um embaraço.

A noite, que se quer serena, é de expiação e pesadelos. Num deles, descobre-se criança a ser carregada nas costas de Juliana. Percebe-se a minguar. Fica de tal forma pequenina que escorrega do pano e cai na terra ferrosa. Senta-se. Junto aos seus pés começa a lavrar.

As mãos pequeninas são gumes que remexem a terra, soltando-a. Abrem-se-lhe rasgos. Vitória faz um buraco fundo e deita-se nele. É uma semente na terra que quer germinar. Sente-se sufocar. Grita e desperta sobressaltada.

Não é a única que acorda. O grito acordou todos à sua volta, mas ninguém se mexeu ou falou.

Só quando o dia começa a nascer, Vitória adormece.

# 30

Talvez fossem umas onze horas quando Juliana chama Vitória. A noite mal dormida tinha-a mantido na cama.

— Senta-te aqui no chão junto aos meus pés. Me contaram que tens um xingue na cabeça.

— Eu tenho um xingue na cabeça? Que é isso?

— Cobertura de capim seco. Dá pesadelos.

— Não sei o que fazer com este cabelo. Nem sei bem o que fazer comigo.

— Ele acha o mesmo. Senta aqui. Vão fazer as pazes.

Juliana afaga com delicadeza a cabeça de Vitória. Tateia os fios para entender-lhes o entrecruzamento e demora-se nos nós para estudar-lhes as dificuldades.

— Daqui a nada estás com ninhos para ratos — e ri timidamente, não querendo que Vitória se sinta ofendida. Com óleo, amacia-lhe o cabelo e, baixinho, canta na sua língua.

— Quando eu era pequenina... também fui criança, sabes?! A mamã cantava quando me fazia os guinguindos. Gostava muito. Alivia a dor dos puxões — e sem que Vitória dê conta, Juliana com a escova dá-lhe um forte puxão de cabelo.

— Ai! — grita Vitória. — Não faça isso que dói — queixa--se pondo a mão onde tinha levado o puxão.

— Os puxões e os apertos soltam o cabelo. Assim vai crescer mais rápido e mais forte — justifica-se Juliana meio a brincar.

Vitória já tinha aprendido a decifrar as alegorias de Juliana. Fosse qual fosse a frase, normalmente existia um duplo significado, ou assim Vitória o achava. Juliana articulava da sua forma o benefício do sofrimento na vida.

Juliana continua a cantar.

O cabelo de Vitória ainda está curto, mas é o bastante para duas tranças corridas serem feitas. Enquanto isso, lágrimas mudas escorrem-lhe pelos cantos dos olhos. Vitória encosta a face direita ao joelho de Juliana. Uma a uma, as lágrimas encontram um novo curso no joelho ferido.

— Não desistas de ti. Nunca podemos desistir de nós.

— Está difícil.

— Cantamos juntas.

Vitória segue-lhe o ritmo.

O cabelo está trançado. Não mais existem lágrimas.

As semanas vão passando, e novembro chega. Sem notícias do paradeiro de Rosa, os dias tornam-se invariavelmente cada vez mais lentos.

As manhãs, Vitória ocupa-as com a ajuda na reconstrução da casa, que acontece com os parcos recursos oferecidos e o trabalho irregular de quem, depois de cuidar da própria vida, vai ajudar. Pouco a pouco, o cheiro a queimado vai-se desentranhando. Depois do almoço, vai para a igreja.

Ajuda o padre na preparação da celebração da missa, limpa o altar, apoia as crianças com os estudos, reza e espera por um sinal, uma mensagem ou uma presença. Fica por lá umas três horas. Todos os dias. Sem falhar e no mesmo horário.

# 31

Vitória varria a areia que o vento de leste tinha empurrado para dentro da igreja quando o padre a chama à sacristia. Tem um telefonema para si. Quem dá a notícia a Vitória é a avó. António Queiroz da Fonseca, seu marido, tinha morrido naquela manhã e após trinta dias da data do seu enfarte. A avó até então nada tinha dito para não a preocupar. Mente. Não contou a Vitória para que esta não se sentisse culpada. António enfartou a ver a neta na televisão. A reportagem tinha passado no jornal das oito, enquanto António, Elisa e Francisca jantavam. Bastara a António ouvir a voz da entrevistada pelo jornalista, Luís Duarte, para saber que estava a ouvir a neta. Ainda conseguiu levantar a cabeça do prato, mas a crueldade da imagem estilhaçou-lhe uma, duas, três, infinitas vezes o coração.

É verdade que primeiro se tinha achado a duvidar da certeza que o tinha invadido. Também a avó e a tia. A figura com carapinha espetada, cara escura e suada, em quase nada se assemelhava a Vitória. Porém era ela. O seu nome completo estava no ecrã da televisão.

Elisa conta à neta que António, de uma semana para cá, tinha parado de comer. Engolir e respirar haviam-se tornado ações para si penosas. Era ela que, com uma esponja ensopada, dava água ao marido.

António sentiu a morte a chegar-lhe, quando os pés lhe ficaram muito frios e os deixou de sentir. Ora lhe doíam, ora

177

deixava de os sentir. Precisava do quarto sempre escuro. Era como se os olhos se quisessem já habituar à falta de luz. No dia em que morreu, acordara com delírios. Como se tivesse regressado a Silva Porto. Pediu a Elisa para chamar o kimbanda e o senhor padre. Acrescentou ainda que a dona Bina devia passar o fato branco a ferro e engraxar-lhe os sapatos ingleses de pele. Elisa não contestou. Sabia que o marido se estava a preparar para a própria morte. Elisa, antes de ligar ao padre, foi ao seu quarto e pôs em cima da cama a saia e a blusa preta. O luto já estava lavado e engomado. Acordou a filha Francisca e pediu-lhe para ir buscar as ervas e plantas ao jardim. Ia preparar o banho para o marido. Pegou na sua agenda telefónica, marcou alguns nomes a vermelho e, depois, foi para o telefone. Ligou para o padre, para o seu irmão, amigos e conhecidos a informar de que o senhor António Queiroz da Fonseca estava a morrer.

Quando regressou ao quarto de António, Francisca dava a mão ao pai. Amparava-lhe a vida que se ia esvaziando.

Estranhamente, António continuava com os olhos muito abertos. Sem os óculos, eles pareciam ter mirrado. Estavam muito brilhantes, mas sem vida. A luz aparentava já não lhe estar a incomodar. Era como se António já tivesse declarado falência existencial.

Por vezes, saía-lhe um ar forte e um barulho rouco pela boca. Parecia estar a afogar-se. Elisa, de tempos a tempos, tocava-lhe na veia jugular para ver se a sentia a palpitar. Outras vezes, o corpo de António dava espasmos intermitentes, e os seus olhos abriam como se estivessem a ser estimulados por eletricidade.

Quando Elisa recebeu de Francisca a água quente, deitou-a sobre as ervas e pediu a Francisca que saísse do quarto. Trancou a porta. Abriu as persianas e as janelas. Sentou-se na cadeira de madeira e deixou-se a olhar a fragilidade humana do marido.

A mágoa dizia-lhe que não mais o amava. Elisa pediu-lhe que se calasse e que se fosse dali. Fechou os olhos e lembrou-se de quando eram os dois felizes. Tirou os sapatos, depois as meias de vidro. Por fim, o vestido e a roupa interior. Soltou o elástico que lhe prendia o cabelo. Com um movimento delicado, os fios lisos e brancos caíram sobre os seus seios já secos e caídos. A sua cabeleira farta não tinha perdido a sensualidade do leito. Aproximou-se de António, destapou-o e despiu-o. Derramou o azeite de dendém nas mãos e oleou as articulações do marido. Já conseguia sentir todo o corpo a ficar rígido. De seguida, esfregou as mãos para que estas ficassem bem quentes. Pousou-as sobre os olhos abertos do marido. Voltou a aquecê--las e levou-as às maçãs do rosto de António e, depois, ao lado esquerdo do peito. Massajou-o vigorosamente.

António pareceu-lhe pestanejar. Colocou a bacia em cima da cama e testou a temperatura. Dessa vez, não usou uma esponja para lavar o marido. Juntou as mãos em concha e retirou um pouco de água. Quando estas tocavam o peito de António, afastava as mãos. O corpo magro de António enchia-se de finas linhas escuras e irregulares.

Conforme Elisa o ia massajando, a pele tornava-se mais escura. Absorvia a vida das flores que tornavam a água azul. Quando terminou, sentou-se ao seu lado. Agarrou a mão do marido. Sentiu a força ligeira dos seus cinco dedos a pressionarem-lhe a palma da mão. Com delicadeza, levou a sua outra mão ao rosto de António. Apesar da barba volumosa, conseguiu sentir-lhe os sulcos que lhe tinham invadido o rosto.

Olharam-se nos olhos. Trocaram as últimas confidências sem as pronunciar. Juntaram os lábios e demoraram-se num beijo. Quando Elisa levantou o rosto, António já tinha abandonado a força que guardava na mão de Elisa. Estava morto. Sorria. A mulher fechou-lhe os olhos. Levantou-se. Trouxe a escova para pentear o cabelo e a barba do seu homem.

Voltou a sentar-se na cadeira. Por alguns segundos, ficou imóvel. Absorvia, de olhos fechados, o que de António ainda restava naquele quarto. A luz do sol do meio-dia reverberava no corpo lavado e escuro. Enfeitava-o com uma capa lustrosa. Era um corpo escanzelado, com a barriga inchada. A cara coberta pela barba negra contrastava com as sobrancelhas grossas e negras.

Elisa levantou-se.

Desembrulhou o lençol e, com um único movimento, lançou-o aberto sobre António. Era o lençol da sua noite de núpcias. Nele tinha perdido a sua virgindade.

Vestiu-se, penteou-se e foi à sala dar a notícia. Nunca o tinha deixado de amar.

Elisa não confidencia essa intimidade à neta. Reviveu-a ao telefone enquanto dava a notícia.

# 32

Onze de Novembro. Dia da independência nacional. Terça-feira. Feriado. Vitória, Juliana, Mariquinhas e Nandundu saem de casa com o nascer do sol. É Mariquinhas quem conduz. Na carrinha, seguem em direção a oeste. Juliana quer subir à Capela de Nossa Senhora do Monte. Quem soube dessa vontade achou-a uma insensatez, o sítio ainda não está desminado. Vão na mesma e vão na confiança. A névoa da manhã descansa com meiguice sobre o planalto, resguardando-lhe. Só quem goza de intimidade com a região encontra o início da estrada para a Caála.

São umas seis e meia da manhã quando, por fim, o sol começa a aquecer o ar e, lentamente, as diversas tonalidades de verde despertam. A pradaria irrompe despida de tudo. Revela-se como ela é: risonha, espaçosa e pulsante.

Mariquinhas e Nandundu cantam alegremente. Tentam sacudir o pesar que Juliana ainda tem pregado às costas. Vitória acompanha-as, batendo palmas. Faz um esforço para se manter animada. A noite, como tantas outras, tinha sido passada sem dormir. Os remorsos estorvavam-lhe o sono. Não foi ao funeral do avô. Fora uma decisão impensada, porém não quer regressar a Portugal. Já lá não pertence. Também lhe faltou a coragem. Imaginou caírem sobre ela os olhares e línguas acutilantes de quem a condena por ter fugido do casamento.

Sonhou com o avô. Deixara-lhe a vida triste e envergonhada. Ele não merecia o abandono. Ela também não o mereceu. Fez o que lhe fizeram. Repetiu o mesmo gesto que a sua mãe. Talvez ela e a mãe não fossem assim tão diferentes. Mormente, tinham traído o avô e o seu amor. É preciso dizer que a vida formatada ser-lhe-ia tão mais fácil. Licenciar-se, arranjar um emprego, casar e ter filhos. Mas a inquietação, o desassossego e o desamparo não a deixavam dar mais um passo no destino programado de mulher. Não cabia na justeza daquela norma. E aquele som permanente no fundo do seu ouvido. A vibração do vento num espaço vazio. O abandono. Queria acabar com ele. Tinha de encontrar a mãe.

Quando se aproximam do Morro da Mbangela, Mariquinhas abranda, desliga a chaves da viatura e aconselha que é melhor seguirem a passo. As mulheres assim o fazem, caminhando apoiando os pés na fé. É como se todas confiassem em Juliana que confia na sua terra. Vista de baixo, a capela é uma ruína cinzenta que flutua no ar. Para surpresa de Vitória, a torre do sino mantém-se, só o sino não está lá.

Quando se aproximam da escadaria que leva à capela, Juliana pede para seguirem atrás de si e com um degrau de intervalo. Vão em fila indiana. Vitória segue em último. Sobem vagarosamente.

O capim comprido no topo das escadas indica a Juliana que não se deve avançar. Esta senta-se no degrau e fica em silêncio de frente para o horizonte. Os seus olhos abrem-se muito. Dir-se-ia que seguem o movimento de lembranças: erguem-se e vão para a esquerda. Agitam-se, voltam a descer, vão então para o lado oposto. As palavras parecem sair aos tropeções da boca de Juliana. Talvez conversem com as memórias cartográficas do planalto. Quiçá se entendam. Enquanto isso, Mariquinhas e Nandundu, de joelhos no chão, oram.

Vitória, com a câmara fotográfica, explora a vista que se lhe oferece. Ao longe, vê duas rochas gigantes. São dois corpos que se parecem olhar, trocando entre si afinidades. O olhar fica preso no anseio. Desprender os olhos é deixar partir o que sonha.

O sol ardente começa a entontecer a cabeça e assinala que é altura de regressarem ao carro. Seguem em direção ao Huambo.

Passam o que sobra das horas do dia na festa da independência, deixando a esperança e as palavras ridentes dos discursos alimentar-lhes o alento.

# 33

Os dias vão-se amontoando uns em cima dos outros quando, já perto de dezembro, Vitória decide ir outra vez ao posto dos antenas de pesquisa apurar se há notícias sobre o paradeiro da mãe. Não têm novidades. É muita gente à procura, desculpam-se. Vitória mastiga a raiva e a frustração que quer gritar. Com passo rápido, e gesticulando de indignação, sai da tenda sem reparar sequer no empurrão que dá ao guarda. Caminha agitada entre a multidão, quando ouve uma voz masculina gritar o seu nome. Desperta e olha à sua volta. Vê Pedro. O Pedro que conduzia o candongueiro, mas que, pelo novo estilo, parece ter deixado essa vida passada. Pedro está com pinta de *boss* desempoeirado. Usa uma camisa azul, calças de sarja verdes e óculos espelhados de aviador.

— Então fixe? Ia a passar e vi-te.

— Olá. Fixe. Que fazes aqui? — Vitória tenta disfarçar o nervosismo, mas as perguntas saltam-lhe nervosas: quer saber como a descobriu.

Pedro dá a mesma resposta: "Ia a passar e vi-te". Depois, são dele as perguntas:

— Vieste procurar a tua mãe? Que te disseram?

Vitória não se recorda de alguma vez ter dito a Pedro estar à procura da sua mãe. Todavia, essa era uma informação de que Pedro podia facilmente ter conhecimento. Não era segredo. Vitória decide responder mentindo:

— Dizem que precisam de mais informações.

O encontro não lhe parece ser casual. Pedro não está sozinho. Um mulato russo, com cabeça desproporcionalmente pequena, acompanha-o. O porte intimidante da sua corpulência é ridicularizado pela t-shirt e calças demasiado justas e curtas.

— Meu adjunto — apresenta-o Pedro.

— Boa tarde — cumprimenta Vitória, tentando ignorar a cicatriz espessa e saliente que lhe rodeia quase todo o pescoço como se fosse um colar de carne.

Pedro dá-lhe uma mbenda na nuca.

— Já não te disse para cumprimentares as pessoas? Matumbo!

Vitória assusta-se com o movimento brusco de Pedro e desvia-se deles.

— Desculpa senhora. Boa tarde — corrige-se o adjunto ante a repreensão.

— Tenho de ir para casa, mamã Ju está à minha espera.

— Com'é Vitória tem calma. Sem pressas. Eu te levo.

— Não é necessário.

— Anda. Tenho bóter novo. Fui buscar a Benguela.

Pedro abre a porta do carro a Vitória. Esta senta-se no banco de trás. O adjunto conduz. A humildade de Pedro do tempo do candongueiro — vamos separar os tempos assim — tinha-se obliterado. "Quem o viu e quem o vê!", contamina mana Mariquinhas o pensamento de Vitória. Pedro parece ter enriquecido da noite para o dia.

— 'Tás a ver Vitória? 'Tavas com medo que fosse um cangalho. Te surpreendi.

Vitória vê no retrovisor os olhos do adjunto a cruzarem-se várias vezes com os seus. Desvia-se deles com discrição. Quer evitá-lo a ele e à má presciência. Para sua estranheza, Pedro cala-se de súbito. O jejum de palavras parece propositado. O rádio do carro é desligado. Só o motor tagarela sem parar.

Por uns seis quilómetros, o silêncio é uma prensa hidráulica que se abate sobre o carro causando pressão no topo de cabeça de Vitória. "O que quererá Pedro com ela?", questiona-se.

— Vamos fazer um desvio — informa Pedro quando se estão a aproximar do bairro da casa de Juliana.

— Desvio? Deixe-me, por favor, em casa.

— Calma. Não vamos demorar. Tenho de ir resolver um assunto num instante.

Pedro indica ao adjunto para virar à esquerda. Quando este termina de fazer a curva, pede-lhe para ir até ao final da estrada e entram num musseque.

As pernas de Vitória tremem. Pode tentar sair disparada do carro, mas não tem força nas pernas. Sente as costelas comprimirem-lhe o peito. Fica com falta de ar. Encosta a cabeça ao vidro e tenta relaxar fechando os olhos.

O carro pára. Vitória abre os olhos. O exterior havia-se transmutado. Estão numa minúscula praça. Com rapidez, Pedro sai do carro.

— Vem fora esticar as pernas — sugere o adjunto dando três pancadas no vidro lateral do carro.

Aparecem candengues a correr. O adjunto afasta-os. Não deixa que toquem na chapa do carro ou que façam carantonhas nos espelhos retrovisores. Pedem para o carro tocar música.

— O carro tem problema. Depois. Depois — despacha o adjunto. Vitória sai por fim.

— Onde foi Pedro?

— Foi buscar o mecânico. Vem já, já!

Passados uns dez minutos, Pedro aparece. Traz o mecânico e três Cucas nas mãos. Entrega uma cerveja a Vitória e outra ao adjunto. Os miúdos rodeiam Pedro e pedem gasosa para beber. O adjunto pede aos miúdos que o sigam até à banca que está ali perto.

Desmontada a confusão, Pedro concentra-se em Vitória.

— Conta lá como está a procura da tua mãe.

— Já disse que não há nada para contar. Continuo à procura.

— E assim até quando ficas aqui a espalhar a tua beleza — murmura Pedro enquanto abraça Vitória pela cintura. Vitória tenta afastar-se, mas embate contra o carro.

— Se quiseres, posso te levar a passear pelo Huambo. A ver... O barulho feito pelo mecânico a fechar o capô do carro distrai Pedro. Vitória aproveita e desvia-se. O mecânico, enquanto limpa as mãos, aproxima-se de Pedro, que escuta o motor. Quando termina, parece ter-se esquecido de Vitória. Sai do carro, despede-se do mecânico e vai à procura do adjunto. Quando regressam, o final de tarde havia caído rápido e soturno.

As crianças regressam com o adjunto e pedem outra vez que se ponha música a tocar. Pedro autoriza. O adjunto sintoniza a estação e aumenta o volume.

Os miúdos sorriem e ajeitam o esqueleto para os movimentos que se seguem. Cada um na sua vez vai para o meio da roda, dançar. Prendem os quadris e sem pararem mostram os seus melhores toques de braços e pernas, competindo. À terceira música, a diversão acaba. Pedro desliga o rádio do carro e escolhe o vencedor. Os miúdos reclamam vaiando o vencedor.

Quem agora conduz é Pedro. Está mais falador. Pergunta por Mariquinhas e lamenta a morte das crianças no incêndio. Quer saber se já sabemos como o incêndio começou. Usando das mesmas palavras de Juliana, Vitória responde: "Não importa. As crianças não vão voltar".

Apesar da falta de iluminação, Vitória reconhece quando o carro entra no bairro de Juliana. Pedro não vai entrar para cumprimentar. Justifica-se que está atrasado para um encontro de negócios. Irá passar numa outra altura. Vitória não faz perguntas e, sem demoras, abre a porta do carro. Pedro pede-lhe que aguarde. Vitória deixa-se estar, já com a porta aberta. Do porta-luvas Pedro tira um envelope e pede:

— Entrega só à mamã Ju. Uma ajuda para a reconstrução.

Quando Vitória recebe o envelope, de imediato reconhece a fragrância que dele se solta. Esta traz um recado escondido que se prende às suas narinas. O suor da mão de Vitória mareja o envelope. Vitória reconhece a origem da mensagem. O general faz-se presente.

— Está bem — responde e sai do carro a correr.

Vitória entrega o envelope a Juliana, mas nada comenta sobre o general. Juliana pede-lhe que conte as notas e lhe diga o valor.

— São vinte notas novas de cem dólares — informa Vitória a Juliana, depois de à sua frente contar o dinheiro.

— Esse dinheiro não é dele — alerta Vitória.

Juliana não responde. Vitória põe palavras na boca do silêncio e acrescenta:

— Não o aceite.

— Precisamos do dinheiro.

— Vai chegar o dia em que vão cobrar-lhe essa ajuda.

— Uns dias cobramos nós, outros dias nos cobram. É a vida. Por tudo se paga um preço.

Juliana estende a mão para receber o envelope. Vai a guardá-lo dentro da blusa e junto ao peito quando hesita e volta a devolvê-lo a Vitória:

— Tira uma nota. Entrega ao antena de pesquisa. Vai facilitar a encontrar a tua mãe.

Sem hesitar, Vitória tira a nota e, no dia seguinte, entrega-a. O antena de pesquisa garante-lhe que, assim que tiver alguma informação, irá à igreja avisar-lhe.

# 34

Os dias passam sem nada que mereça referência. É uma espera desencantada. Fragmentam por dentro, sem que nada nem ninguém a consigam amparar. Mas existe uma certa verdade no vazio inconfortável que sente.

Não fosse o senhor padre entregar a Vitória a caixa do presépio, Vitória não se lembraria de que está a começar o tempo do Advento. Para ela, era estranho associar a quadra natalícia a um lugar de sol e roupas frescas. Mais se diga que a inexistência das luzes e decorações, próprias da época festiva, contraria o espírito da época.

Vitória tem um conhecimento e um controle cada vez mais profundo dos seus desejos infantis. Mesmo assim gosta de se imaginar a passar aquele Natal com a mãe. Gosta de adormecer a inventar os detalhes da ceia. São os desejos infantis de uma realidade velha que lhe dão pulso, mesmo que à luz do dia a torturem. Vitória sabe-o: a dor do abandono nunca sara. Aprende-se a conviver com ela. É uma cicatriz que nunca deixa de dar comichão.

O mês de dezembro é um tempo atarefado na igreja. Vitória acompanha o senhor padre nas visitas ao campo de deslocados de guerra. São centenas de pessoas que ainda ali continuam sem saberem para onde ir e como ir. Os missionários apoiam o trabalho de recenseamento feito pelo Estado, sem esquecer a evangelização.

Com atenção dissimulada, Vitória observa toda a mulher que aparente ter a mais ínfima semelhança com o retrato da mãe, mas o que encontra são mulheres transformadas em ruínas pela guerra.

No solstício de dezembro, dois dias antes da noite de Natal, Pedro visita Juliana. Quem o observa diria que, no dia anterior e em todos os outros dias, tinha ali estado. Traz a cínica máscara colada ao rosto, tanto que o seu riso forçado não parece dissolver-se. As frases saem-lhe tortas. Forja um à-vontade que não sente. Juliana não interroga nem exclama. Mantém-se apática. Mariquinhas e Nandundu fazem cara feia a Pedro.

Vitória retira-se e vai para a divisão do lado. Pedro perturba-a. Só quando ouve a porta da rua bater é que Vitória vai ter com as mulheres. Ouve Mariquinhas reclamar: "Pochas! Vai mesmo permitir que o diabo volte para perto de nós?".

— Sempre esteve entre nós. Não é por termos deixado de lhe ver a cara que o diabo desaparece — discorda Juliana.

Na mão, Vitória nota-lhe um envelope.

Mariquinhas está a preparar o fogareiro para assar o frango, quando Vitória se aproxima com intenção na sua conversa:

— Não gostas mesmo do Pedro.

— Tenho de gostar? — responde Mariquinhas continuando a acender o carvão.

— Também não gosto.

O comentário de Vitória é suficiente para que Mariquinhas pare o que está a fazer e solte a língua. Levanta-se e, com ar de indignada, confessa:

— Lhe acho fingido.

— Contou onde esteve este tempo todo?

— Em Luanda. Lhe faleceu o pai.

— Coitado.

— 'Tános a aldrabar. Me dizerem que o viram em Benguela com umas damas — irrita-se Mariquinhas, voltando ao fogareiro onde as brasas se tinham apagado.

— E o envelope que Juliana tinha?

— Um general aí... de Luanda, que mandou.

— Sabes o nome do general?

— Nada. Me aparece que é conhecido de Juliana, já do tempo do kaparandanda.

— Queres ajuda? — pergunta Vitória, baixando-se.

— Tu lá sabes acender fogareiro — diz Mariquinhas, fazendo o gesto com a mão para Vitória sair dali.

Vitória não quer fazer acusações sem provas. Está certa de que Pedro trabalha para o general Zacarias Vindu e começa a desconfiar de tudo o que se passa à sua volta. Questiona-se sobre o real interesse do general em ajudá-la, como conhece Juliana e porque envia dinheiro.

Por agora, vai calar-se.

A ceia de Natal é modesta e triste. Não fosse o barulho assustador dos tiros para o ar, e a noite de Ano-Novo seria uma noite de quarta-feira comum. Vitória ofereceu-se para ficar com Juliana para que Mariquinhas e Nandundu pudessem ir dançar.

# 35

O céu encoberto de janeiro expulsa o sol e traz mais chuva, que cai sem avisar o dia e a hora. Enche os rios e deixa no ar uma humidade opressiva. Com o dinheiro do general, as obras do piso térreo da casa de Juliana ficam concluídas e a casa habitável. Vitória começa a recear o adjunto de Pedro. A sua presença torna-se coleante. Não é que se sinta seguida. No entanto, estranha as coincidências de o encontrar várias vezes nos sítios mais inusitados por onde ela passa ou está. Assusta-a a possibilidade de não ser ela a primeira a se encontrar com a mãe. Ou talvez a mãe nunca mais apareça porque já tem uma vida refeita, outros filhos para cuidar e uma família só dela. Talvez seja este o momento para se render ao engano de tentar encontrar quem nunca quis ser encontrado. Reconhece que está a tropeçar na sua maior carência e a cair.

Entendendo essa nova verdade, sente-se derrotada. Não aceita porque não é o momento para desistir. Não quer mais a agonia da espera. Como se reconstrói uma casa, vai reconstruir a sua vida. Pode começar a trabalhar para uma ONG numa outra província. Georgina tem contactos e poderá ajudá-la. Não quer ficar ali. Também não é ali a sua casa.

Os dias acontecem, sem solavancos e sem aviso, tudo volta a mudar. Num dia igual a tantos outros, o senhor padre espera-a à porta da igreja. A expectativa faz com que o padre estique o pescoço e ajeite os óculos sem parar. Tenta alcançar mais longe para ver se Vitória está a caminho. Não se contendo no tiquetaque da hora, começa a caminhar pela estrada por onde Vitória chegará.

Assim que o vê, Vitória dá conta de que o padre agita no ar uma carta. O seu coração começa a bater forte no peito. Tinha sido reanimado e a sua rejuvenescida força espalha-se pelo sangue de Vitória. Esta corre como uma flecha lançada ao alvo do destino. Para esbaforida em frente ao padre quase o atirando ao chão.

— É para mim, não é?

— O antena de pesquisa veio hoje entregar.

A mão trémula de Vitória recebe o envelope. O seu nome está escrito em maiúsculas e sem acentos. Reconhece aquela caligrafia inclinada, com formas angulares, escrita com pressão e firmeza constantes. Conhece-a de cor e salteado.

Decide não abrir a carta ali, ao pé do padre. Quer que o desnudar do envelope, o percorrer do seu olhar por cada letra, o passar dos seus dedos pelo papel da carta, seja um momento privado, egoísta e íntimo com a sua mãe. Este não pode ser roubado pela curiosidade alheia. O segredo é dela e o lugar da intimidade com mãe a mais ninguém pertence. Vai para debaixo da mulemba e senta-se no chão.

É uma carta longa que pouco fala de Vitória, de arrependimento ou de um reencontro. Descamba em justificações desajeitadas para o ódio, rancor e desamor. Uma carta egoísta. Sem nada de nobre ali escrito.

As lágrimas escorrem, convocando a mágoa inútil que toda a sua vida sentiu. É como se o desgosto, ao invés de se ter eterizado, fosse agora um castigo, uma ofensa à sua tentativa de se sentir completa. Sem saber mais como reagir, guarda as folhas dentro do envelope. Volta a fechá-lo e entra na igreja.

Vai buscar a vassoura e os panos para começar a limpeza diária. Não consegue. As palavras lidas transformam-se num arame farpado que aperta, torce e lacera o seu estômago. Sente dó da mãe. Queria pegar-lhe ao colo. Acariciá-la até que adormecesse e não mais se recordasse dos homens que a violaram e da poesia mórbida recitada pelo general Vindu enquanto a torturava.

Vitória sente-se revoltada e traída por todos. A mãe não quer encontrar-se com ela. Nunca a tinha desejado.

Na igreja, Vitória encontra um canto escondido e vai para lá. Deita-se no chão, abraça-se e chora. Só sai de lá ao princípio da noite antes de o padre trancar a igreja.

Quando chega a casa, espera que Mariquinhas e Nandundu se deitem para ir ter com Juliana ao alpendre. Como usual, Juliana bebe o seu chá de caxinde. Está sentada numa cadeira improvisada. Sabe que alguma coisa se passou com Vitória. Quando esta chegou a casa, notou-lhe na respiração uma subtil agitação. Vitória tinha-se sentado à mesa, mas não jantou. Não a ouviu mexer os talheres ou a mastigar. Está certa de que Vitória recebeu notícias da camarada Rosa.

Ia descobrir o que se passava com Vitória. Pediu a Mariquinhas e Nandundu que se fossem deitar mais cedo e foi sentar-se no alpendre a aguardar.

Vitória aparece no alpendre e pergunta com agressividade:

— O tiro que levaste na perna, porque mereceste o tiro?

Naquele momento, Juliana soube que aquela era a altura para que toda a história fosse contada.

Só assim Vitória seria livre para escolher o seu caminho.

— Traí a tua mãe — responde de forma direta. — Criei-lhe uma emboscada, logo após teres ficado com os teus avós. Assim que a vi com a avó velha, reportei. Não a foram logo buscar porque não deixei. A camarada Rosa estava grávida. Não consegui. Depois quando nasceste fui adiando, adiando...

— Sabes que estou capaz de te matar? — ameaça Vitória, aproximando-se de Juliana.

— Mata então. Achas que vais resolver alguma coisa? Não resolve nada. Não sentes que eu gosto de ti? Olha nestes meus olhos cegos. Não vês neles que te amam? Vitória cai de joelhos em frente de Juliana e deita-se no seu colo, abraçando-lhe as pernas. Entre soluços e lágrimas pergunta porque é que ela não lhe contou a verdade.

— Qual delas meu amor? A da tua mãe, a minha, a da tua família, a que querias ouvir, a verdade do general... Qual delas? — questiona Juliana, para continuar de seguida. — A vida não se controla. Me apareceste aqui sei lá como. Aqui mesmo nesta casa. Achas mesmo que não ouvia o meu nome na rádio? Não queria acordar o passado. Depois contigo aqui, senti que, para limpar a minha culpa, tinha o dever de ajudar-te.

Nandundu e Mariquinhas, ouvindo o choro e a conversa alta, aparecem assustadas no alpendre. Juliana pede a Nandundu que traga um copo com açúcar para Vitória e faz sinal às duas para desaparecem dali. Nandundu e Mariquinhas regressam ao quarto, mas não se deitam. Ficam atentas à conversa.

— O general Zacarias Vindu é um monstro.

— Na guerra somos outros, mas a guerra já acabou. Todos querem paz.

— Tu e o general sempre estiveram em contacto? Fingiram esse teatro?

— Só o conhecia de nome. A primeira vez que falámos foi quando ficaste doente. Ele quer o perdão da tua mãe. Onde está ela?

— Não diz. Culpa os avós, o país... até culpa o meu nascimento pela sua infelicidade. Sente muito ódio e raiva.

— Ela sabe que estás aqui comigo?

— Sim. Escrevi que estava a viver contigo. Pensei que ela ia ficar contente.

— A camarada Rosa vai entrar por aquele portão. Tenho a certeza. Ela não é de deixar pendentes. Eu sou um demónio que ela nunca conseguiu esquecer.

— O que faço?

— O que achares que é melhor para ti. Pode parecer estranho, mas, aqui, te queremos todos bem. Espera, Vitória. Espera só. És de um povo que ainda está à espera, que espera, sempre.

Edição apoiada pela DGLAB — Direção Geral do Livro, dos Arquivos e das Bibliotecas.

© Autora e Guerra e Paz, Editores, S. A., 2018

Todos os direitos desta edição reservados à Todavia.

Grafia atualizada segundo o Acordo Ortográfico da Língua
Portuguesa de 1990, que entrou em vigor no Brasil em 2009.

capa
Julia Custodio
fotografia de capa
Eze Joshua © Uncoveredlens/ Pexels
composição
Jussara Fino
revisão
Ana Maria Barbosa
Erika Nogueira Vieira

Dados Internacionais de Catalogação na Publicação (CIP)

Monteiro, Yara Nakahanda (1979-)
Essa dama bate bué! / Yara Nakahanda Monteiro. —
1. ed. — São Paulo : Todavia, 2021.

ISBN 978-65-5692-192-1

1. Literatura portuguesa. 2. Romance. I. Título.

CDD 869.3

Índice para catálogo sistemático:
1. Literatura portuguesa : Romance 869.3

Bruna Heller — Bibliotecária — CRB 10/2348

**todavia**
Rua Luís Anhaia, 44
05433.020  São Paulo  SP
T. 55 11. 3094 0500
www.todavialivros.com.br

fonte
Register*
papel
Munken print cream
80 g/m²
impressão
Geográfica